「大丈夫か」
　吐息がかかる距離に、エルの顔がある。裸のまま腰を抱えられているので、下腹部が接触していた。
　自分の性器に相手のそれが触れている。気づいて陽色は真っ赤になった。
「ご、ごめ……」

Cocktail Kiss Label

異世界チートで転移して、訳あり獣人と森暮らし

小中大豆
Daizu Konaka

この物語はフィクションであり、実在の人物・
団体・事件等とは、いっさい関係ありません。

Contents

イラスト・Ciel

異世界チートで転移して、訳あり獣人と森暮らし

レンガを積んで作った窯《かま》の蓋を取ると、炎と炭の匂いの後に、香ばしいパンの香りが吹き出してきた。

ミトンをはめた手で、中のパンを取り出す。クープがしっかり開いて、こんがりきつね色のフランスパンが出来上がっていた。

パンを割るとパリッと音がして、気泡の入ったふんわり柔らかな中身が湯気を立てて現れる。熱々のパンの欠片を口に放り込み、赤羽《あかばね》陽色《ひいろ》は快哉《かいさい》を叫んだ。

「すごい。完璧だ！」

静かな森の中に、陽色の声が響く。他には小鳥のさえずりと木々の葉擦れの音が聞こえるだけだ。心にうら寂しさが過《よぎ》ったけれど、いつものことだから気にしなかった。

独り言も増えたけど、それを咎める人もいない。

「次はピザを作ろうかな」

レンガの窯が思いのほか上手く作れたから、いろいろ挑戦したい。なにしろ、時間だけはたくさんあるのだ。

「ニシンのパイってのも作ってみたいな。あのアニメのやつ。ニシンて、この世界にもあるのかな」

今日も長閑《のどか》に、森の時間が過ぎていく。

陽色は六年前、十七歳の秋まで、ごく普通の高校生だった。

日本の海沿いの街に生まれ、両親と兄と妹がいて、理数系が苦手で国語と歴史が得意な男子高生。

身長は高一の時に百六十八センチまで伸びたけど、二年になってからは二センチしか伸びずにがっかりしていた。

真っ黒な癖っ毛と顔立ちは父親譲りの童顔で、女の子に可愛いと言われることはあるけど、モテたことはない。部活は帰宅部で、親戚が営むパン屋で週に三日、小遣い稼ぎのためのアルバイトをしている。

そういう、本当にどこにでもいる日本の高校生だった。

十七歳の秋、学校帰りに友達とゲームセンターに行って、そこから陽色の人生は一変した。

友達とクレーンゲームをしていたのに、気づいたら陽色だけ異世界に召喚されていたのだ。

本当に馬鹿馬鹿しい、荒唐無稽《こうとうむけい》な話である。陽色は六年経った今も時々、自分は長い夢を見ているのかもしれないと考えることがある。

でも異世界に渡ったその日から、陽色は波乱万丈の人生を生きることになった。

この世界はトールキンの「指輪物語」の世界みたいに、エルフだの獣人だの魔法使いだのがいる世界で、陽色はとある人族の国の王様と、彼が雇った魔術師に召喚されたのだった。

なんでも、異世界から召喚した人間には各々、特殊で便利な異能力が備わっており、呼び出した者の願いを何でも叶えてくれるのだという。

悪魔召喚みたいなものだろうか。

人族の王様は、周辺諸国を治める天下統一の野望を持っており、腕利きの魔術師に命じて異世界召喚の儀式を行ったらしい。

ところが陽色には、彼らが期待するような異能力を持ち合わせていなかった。

魔術師から、その身に備わった異能力がわかるという水晶玉を渡され、水晶に浮かんだ文字を読むように言われた。本人にしか読めないらしい。

ちなみに、彼らの話す言語は日本語ではないのに、陽色はこの世界に来た時から言葉が理解できた。

誰も疑問に思わないようなので聞けなかったけど、あの時、口に出さなくて本当によかった。

『すごく　ずるい　のうりょく』

たどたどしい日本語で、そう書かれてあった。それが陽色の持つ能力だった。

なんだそりゃ、と陽色は思ったが、王様と魔術師も同様に思ったらしい。もう一度、水晶玉に触れ直すように言われた。

『めっちゃ　うらぎる　ちから』

王様は激昂《げきこう》し、陽色は城から追い出された。

こんなところで放り出されても、一人で生きていけない。泣いて城の門を叩き、魔術師に元の世界に戻してほしいと頼んだけれど、異世界から召喚された者は、もう二度と同じ世界には戻れないのだそうだ。未来永劫《えいごう》。

絶望し、流れ着いた城下町でしばらくホームレスをしていた。途方に暮れていたし、家族も友達もいないこの世界で、とても生きたいとは思えなかった。

死んでしまいたい。これは夢で、死んだら目が覚めるかもしれない。でも勇気がない。

打ちひしがれて路上生活をしていたが、やがてひょんなことから、自分にも異能力が備わっていることを発見する。

「すごい。俺、超チートじゃん」

思わずつぶやき、そして気がついた。

陽色が元の世界で何気なく使っていた、「チート」の本来の意味を。

チートの語源は英語で、ずるとか、騙《だま》す、裏切るという意味を持つ。あの水晶玉に浮かび上がった文字は、その直訳だったのだ。

目の前が真っ暗だと思ったのに、希望の光が見えた気がした。

この能力があれば、見知らぬ土地でも生きていける。そしてもしかしたら、元の世界に戻れるかもしれない。

でも、そんなに上手くはいかなかった。

自分の持つ途方もない能力を使い、あれこれ試してみたけれど、やっぱり元の世界には戻れなかった。

日常生活は、はじめのうちは上手くいっていた。

「ドラ○もん」のポケットだけ手に入れた「の○太」みたいに、労せずしてお金や食料を得て、毎日楽に暮らしていた。何しろ陽色の能力は、とにかくすごかった。

ちょっとばかり、調子に乗っていたかもしれない。元に戻れない焦燥で、自棄《ヤケ》にもなっていた。

陽色のチート能力はやがて街中に知られるところとなり、それは陽色を追い出した王様の耳にも届いた。

手のひらを返した王様に連れ戻されそうになり、陽色は国外へ逃げた。異能力をもってすれば、他国で生きることもそう難しいことではない。

今度はバレないように、調子に乗らず慎重に……そう思っていたのに、やっぱり別の国でも知られてしまい、騒ぎになった。

見知らぬ人からは利用されそうになり、さらに陽色を呼び出した国からも追っ手がかかって、また逃げた。

そんなふうに、陽色はしばらくあちこちの国を転々としていた。

能力を隠していても、陽色が便利な奴だとわかると、利用される。

能力は使わずに、コツコツ自分の力だけで働こうとしたけれど、やっぱり騙されたりひどい目に遭ったりした。

悪い人ばかりじゃない、親切な人もいたし、力を貸してくれる人もいた。

でも、世の中捨てたもんじゃないと思って気を許していると、騙されていたりする。そういうことが繰り返されると、誰も信じられなくなる。

異世界に連れて来られて三年半、土地から土地、時には大陸を渡って、根無し草みたいに暮らした。段々と心が疲弊し、すり減って、やがて何もかも嫌になってしまった。

人は怖い。同じ人族だけではない、エルフも獣人も、種族は問わずみんな結局は同じだ。

いつ自分の能力がバレるかと、ビクビクしながら生きるのも嫌だ。

だから陽色は、人の住む集落を避け、誰も住まない大森林の奥へ奥へと移動し、そこに家を建てて一人で暮らし始めた。

今住んでいるこの家の周りには、陽色以外に誰もいない。

狂暴な魔獣が生息する大森林だから、人が足を踏み入れることがまずないのである。

たまに買い物をしに、森を出て街に向かう。それ以外はずっと一人だ。

誰も陽色に付け込んだりしないし、この生活を脅かす者はいない。家は快適で、食べ物にも困らない。悠々自適なスローライフ。

何の問題もない。ただ時々、無性に寂しくなることを除けば。

この世界に来て六年、大森林での一人暮らしは、二年に及ぼうとしていた。


「よし、こんなもんかな」

空き瓶に自家製ジャムを詰め終えて、陽色は声を上げた。

コルクで蓋をして、その上から紙をかぶせて麻ひもで縛ると、商品らしくなる。

家の台所には、そうやってできたジャムの瓶詰が二十個ほどあった。イチゴとリンゴのジャムが十ずつ。イチゴもリンゴも、家の庭で採れたものだ。

今日は、ひと月ぶりに街へ出かける。自給自足できるので、この家から一歩も出る必要はないのだけど、やはりずっと独りぼっちでいるのは辛い。

だから陽色は半月かひと月に一度、気まぐれに街へ出かけるのだった。

街では気ままに買い物をしたり、食事をしたり、ほんの束《つか》の間、人々と触れ合う。

今、瓶に詰めているジャムは街で売ったり、親切にしてくれた人にお礼として渡すものだ。

陽色はこの家で暮らす間に、暇にあかせていろいろなものを手作りするようになった。うまくできたら、誰かに見てもらいたい、食べてもらいたいと思うのは自然な流れである。

前回は自家製ベーコンを街に持って行って好評だった。このジャムもきっと、売ったらすぐに買い手がつくだろう。

手提げの小ぶりな籠に、ジャムの瓶を二十個すべて入れる。ちょっと考えて、今朝焼いたバターロールを五つ入れた。陽色が入ると言えば、籠にはなんでもいくらでも収納できる。

陽色の力は、この世界の魔法とは違うようだが、陽色は面倒なので、自分の力を「魔法」と呼んでいた。

こちらの世界の魔法、魔術は、魔力をエネルギー源にしており、難しい呪文を順序よく唱えるとか、複雑な魔法陣を描くとか、ややこしい手順と制約があるらしい。

でも陽色は、自分に魔力を感じたことはないし、魔法を発動させるための手順はごく単純である。熟練の技も、体内で魔力を張り巡らせたり、気功を錬成する必要もない。

しかし、この力が何なのかわからないし、別に探究するつもりもなかった。便利に暮らせるならそれでいい。

街に持って行くものの準備が終わると、今度はチュニックとズボンに着替えた。

以前、街で買ったものだ。それにフード付きの外套《がいとう》を羽織って、革の長靴を履く。家では魔法で作ったスウェットとスニーカーだが、さすがにそれでは目立つ。

準備ができると、籠を提げて庭に出て大陸の地図を広げた。めぼしい街がいくつかあって、その時の気分で行き先を決める。

それぞれの国や地域の特色があって楽しいし、ランダムに訪れれば、陽色がどこに拠点を持っているのか特定されにくい。

「今日はそうだな、近場にしよう」

この大森林に隣接した人族が治める国、中でも大森林にほど近い場所に、中くらいの街がある。珍しいものは売っていないけれど、その街の酒場で出す煮込み料理が食べたくなったのだ。

陽色が地図を指さして魔法の「呪文」を唱えると、瞬きをする間に景色が変わった。

木々の爽やかな香りは消え、陽色を取り巻く空気は埃《ほこり》っぽく、雑多な匂いの混じったものに変わる。

そこはもう、目指す街の中だった。


顔見知りの雑貨店にジャムを渡すと、たいそう喜ばれて、持ち込んだ分すべて買い取ってくれた。

いい宿で一泊して、美味しい煮込み料理を食べるくらいは稼げた。といっても、街に泊まるつもりはない。自宅の方が快適だからだ。

商店街を見て回り、街の様子を眺める。歩き疲れたので、行きつけの酒場へ向かった。

酒場と言っても、大衆食堂みたいなものだ。この街は治安も良い方なので、ひょろっとした若造の陽色でも、安心して入れる。昼の中途半端な時間なので、客はまばらだった。

「ヒーロ！　久しぶりだな」

店の主人が陽色を見つけ、声をかけてきた。常連客もいて、気さくに話しかけてくる。

陽色は売らずに残しておいたイチゴジャムの瓶を一つ、店主に渡した。

「これで、いつもの煮込み料理を食べられるかな」

お金を払ってもいいのだが、陽色が持参した物と交換するほうが、喜ばれるのである。

陽色は辺鄙《へんぴ》な村に住んでいることになっていて、庶民にはそこそこ高価な砂糖だとか蜂蜜、香辛料などを惜しげもなく使った食べ物を持ち込むからだった。

店主は案の定、にっと笑って「もちろん」と答えた。

「煮込み料理に葡萄酒《ぶどうしゅ》と肴《さかな》、他にもいろいろつけられるぜ」

「じゃあ、店主のおまかせでお願いします」

あいよっ、と威勢よく店主が応じ、間もなく煮込みと葡萄酒、それにつまみがいくつか出てきた。

煮込みはこの辺りで取れる、野生の豚を葡萄酒と香辛料で煮込んだものだ。レシピを聞いたけれど、陽色は自分で再現できたことがない。

葡萄酒も酒の肴も癖はあるが、陽色がいた日本の店と比べても遜色はない。もっとも、陽色は日本にいた頃まだ高校生だったので、居酒屋に入ることはまずなかったけれど。

(居酒屋も競馬もパチンコも、大人の娯楽はデビューできなかったなあ)

ついでに彼女もおらず、今も童貞のままだ。物悲しい気持ちになるので、そこは極力考えないようにしている。

(いいんだ。日本にいたって、彼女ができたとは限らないし)

胸の内で独り言《ご》ち、さらにわびしい気持ちになったので、葡萄酒のおかわりを頼んだ。

料理を食べ終える頃、店のドアが開いて新しい客が入ってきた。

その客が現れた途端、めいめいに話していた客たちの声が、ふと途切れる。陽色も思わず、戸口の客を見てしまった。

異様な客だった。

いや、よく見れば巨躯《きょく》という以外、風体がそれほど特別だったわけではない。

陽色が身に着けているような、くすんだ色の外套を羽織り、フードを目深にかぶっている。外套はところどころ擦り切れ、薄汚れていた。

革の長靴もボロボロだ。店に入る際、頭を大きく下げてドアをくぐってきたから、相当な長身だろう。身体つきは外套の上からでもわかるくらい逞《たくま》しい。

旅の途中だろうか。旅人ならば身に着けているものがボロで汚れているのもうなずけるし、そうでなくても、彼よりみすぼらしい身なりの者は街にいくらでもいる。

なのに店の者は、陽色も含めて皆、現れた男に呑まれたように口をつぐんでしまった。

男には、思わず居住まいを正してしまう迫力があった。迫力だけではない、他者を拒絶するような、気安く触れると何が起こるかわからない、ピリピリとした緊張感が男の周りには漂っていた。

男は戸口で立ち止まり、ざっと店内を見回したようだった。それからすぐ、カウンターの店主のところへ行く。

「主人。すまないがこれでまた、食べ物をわけてもらえないだろうか」

ちゃりちゃりと硬貨が擦《こす》れる音が聞こえた。顔はフードに隠れていてよく見えない。白に近い銀色の髭《ひげ》が伸びていて、老人かと思ったが、声は若々しかった。

店主は出された硬貨を見て、渋い顔をする。軽くかぶりを振った。

「できれば消化にいいものを。子供の食欲がないんだ」

店主の表情に気づいていないのか、男は続ける。店主はため息をつき、カウンターの奥に引っ込むと、黒パンを半切れ、無造作に男の前へ置いた。

黒パンはこの地方でよく食べられている、雑穀の入ったカチカチの硬いパンだ。長持ちするし安いのだが、味は二の次だし、精製していない雑穀を使うので消化に悪い。

「その金で買えるのは、これが精いっぱいだ」

「しかし、先日は……」

「こないだは特別だ。あんたがどうやら訳ありで、小さい子供がいるってんで、うちのかみさんが好意でやったんだよ。兄ちゃんがどこから来たのか知らないが、物には相応の値段てもんがある。その金で、この辺りで買えるものといったら、黒パン半分がせいぜいなんだ」

店主の言葉には憐憫《れんびん》が混じっていた。けれとあちらも商売だ。そういつも施しはできない。

男は、自分が施しを受けていたとは思いもよらなかったらしい。相当なショックを受けたようで、わずかな間、息を呑んで固まっていた。

「そう……だったのか。それは……申し訳なかった」

やがてカウンターに置かれた拳が、強く握りしめられた。声は静かで、男が感情を抑えているのがわかった。

「では、このパンをいただいていこう」

「ああ。悪いな」

店主も居心地が悪そうに頭を掻《か》く。

「いや。世話になった。女将《おかみ》にもよろしく伝えてくれ」

男は言い、半分の黒パンを手に取ると店を出て行った。店主も客たちも、ほっと息を吐く。

現れた時は恐ろしく威圧感のある人物だと思ったが、物腰は終始丁寧だった。いったい何者なのだろう。お金に困っているのだろうか。

「あれは、獣人だな」

男が消えていったドアを見ながら、店主が誰にともなく言った。「獣人？」と、近くにいた常連客がおうむ返しに聞く。

「ああ。フードをかぶって見えないが、かみさんが前に、ちらっと獣の耳を見たそうだ」

「そういや近頃、この街でも獣人が増えてるな」

陽色は男のことが気になって、彼らの話に耳をそばだてた。

「そりゃあ、あれだよ。隣のほら、リュコスの国があんなになっちまったから。あそこの国民が流れてきてるんだろうさ」

「リュコスって、あの北東の？　隣ったって、あんなところから西の果てのこの街まで、わざわざ流れてくるかねえ」

「けど、この辺りで獣人がいっぱいいる国って言ったら、リュコスしかねえだろ。その南はほら、エルフの国だから」

陽色は頭の中で地図を思い出してみる。この街は、王国の西の端にある。西側には陽色が住む大森林があって、反対側の東には確かに、この王国に隣接するリュコスという国があった。

「リュコスって国、どうかしたんですか」

陽色も話の輪に入る。店主が教えてくれた。

「ああ、お前さんの村では聞かんのか。リュコスはつい先達《せんだっ》てなくなっちまったんだよ。東の帝国に侵略されたんだ」

東にある人族が治める帝国は近年、周辺の国を次々に侵略しているという。

そして人族やエルフ族を優遇し、他の種族はその下で従属するべきだという思想のもと、人とエルフ以外はみんな奴隷にしているのだという。

「特にほら獣人てのは、身体の動きが人やエルフより優れてるだろう。奴隷にして使い潰しちまおうってのさ」

この国の隣にあるリュコスという小さな獣人の国も、帝国に攻め滅ぼされてしまった。数か月前のことだ。陽色は森にこもってほとんど街に出てこないから、知らなかった。

「リュコスの王様や貴族は皆殺し。他のリュコス人はみんな、殺されるか捕まって奴隷にされたそうだ」

「……ひどいですね」

陽色は悲惨な光景を想像し、思わず顔をしかめた。

こちらの世界に来て、国を方々《ほうぼう》渡り歩き、時には戦争を見ることもあった。この一帯は平和だと思っていたけれど、そうでもないのかもしれない。

「けど、俺たちも他人事じゃないかもしれないぜ。帝国は領土を広げてるっていうからな」

「やめてくれよ、縁起でもない」

「けどさ、リュコスの貴族や軍人なんかでも、どうせ負け戦だってんで、早めに難を逃れた連中もいるって聞くぜ。王族の子供が生き延びて逃げてるとか」

「王族が逃げられるもんかね。帝国ってのは徹底してるんだろ」

「いや、俺も聞いたぜ。何でも、幼い末の王子様だけが生き残ったらしい。家臣たちと逃げてるとか」

「まあともかく、そうやって国を失ったリュコス人が今、方々に散らばってるってわけだ。だから、さっきの男もそのリュコス人じゃないかと思ってね。小さい子供がいるって言うから、親子で逃げてきたのかもなあ」

その子供も、具合が悪いと言っていた。気になったけれど、陽色は無理やり男のことを頭から追い出した。

いくらチート能力があるといっても、同情した相手の人生の、一切合切を背負うわけにはいかない。そんなことをしていたらきりがない。

陽色はもどかしい気持ちのまま、残った葡萄酒を飲み終え、店主や常連たちに挨拶をして店を出た。

まだ外は明るい。もう少し街を散策するつもりで、さてどこに行こうか迷った。

(あ、そうだ。バターロール)

行きがけに思いついて、籠に入れたままだった。

(さっきの男の人に渡せばよかった)

病気の子供のために、消化のいい食べ物をほしがっていた。黒パンより、バターロールの方が食べやすいし美味しい。

(探してみよう)

一時の施しなど、自己満足にすぎない。わかっているけれど、このまま帰ったらバターロールを見るたびに男を思い出すだろう。

大きな男だから、人に聞けばすぐ見つかるかもしれない。そう思い、そこらの露天商に尋ねようとしたが、人に聞くまでもなく男は見つかった。

男は街の広場にある公共の井戸で、水を汲《く》んでいるところだった。

革製の水袋に水を詰めると、さっとその場を立ち去る。陽色は慌てて彼を追いかけた。

大声で呼び止めれば聞こえるかもしれないが、なんと呼べばいいのかわからない。それに、男は相変わらずフードを目深にかぶっており、目立ちたくないように見えた。

それで黙って追いつこうとしたのだが、男は大股な上に、歩くのが速い。あっという間に引き離され、するりと路地を曲がってしまった。

陽色は小走りで後を追う。男が消えた路地を曲がった時、横から突然、腕を掴《つか》まれた。ものすごい力で引っ張られる。

「あっ」

と、重心を失った時にはもう、何者かにヘッドロックをかけられ、目の前にナイフを突きつけられていた。

「何者だ」

「ぐぁっ」

低い声は確かに、あの長身の男の声だった。しかし、先ほどの紳士ぶりは跡形もなく、ぐいぐいと陽色の首を絞めあげる。

「お前、先ほど酒場にいたな。なぜ俺を尾行する」

「……してな……っ、苦し……人殺し！」

叫ぶと、あっさり拘束は外れた。陽色はその場に膝をつき、激しく咳《せ》き込む。

そんな陽色に、男がなおもナイフを突きつける。陽色はキッと相手を睨《にら》み上げた。

「尾行なんか、してない。声をかけようと思ったけど、目立ちたくないみたいだから、呼び止めずに追いかけたんだ」

抗議をしながら相手を睨むと、男から殺気がわずかに和らいだ。陽色が提げていた籠の中に手を入れるのを見て、一瞬、ナイフを構える。

しかし、バターロールを取り出して差し出すと、男は驚いた様子で息を呑んだ。

「これ、俺が焼いたパン」

パンを突き出したが、男は黙ったままだった。陽色が下から覗《のぞ》き込むと、男は目を瞠《みは》っていた。

男は、陽色が今までに見たことがない、金と緑の混じった不思議な瞳をしていた。髭がもじやもじゃで顔半分は相変わらず見えないが、切れ長の目に鼻梁《びりょう》がすらりと通っていて、髭を剃《そ》ったらかなりの男前なのではないかと思われる。

伸び放題の髭も、眉もまつ毛も銀色だった。

「よかったら、あなたの子供と食べて。さっきの黒パンよりも食べやすいし、美味しいと思う」

陽色が彼の胸にパンを押し付けると、ようやく受け取る。男は口を開きかけ、また閉じた。その顔が、くしゃりと歪《ゆが》む。悲しそうな、悔しそうな表情だった。

一瞬にして溢《あふ》れ出たらしい強い感情を、男はまた瞬時に抑え込む。強く目をつぶり、開いた時にはもう、複雑な感情を消していた。

これほどまでに自分を律せられる人を、陽色は初めて見る。

「……ありがとう。手荒な真似をして、申し訳なかった」

真摯な声音で言って、深く頭を下げる。大丈夫か、と、陽色に手を伸ばした。

金緑色の瞳に覗き込まれ、どきっと心臓が跳ねる。瞳の美しさに心を奪われたのだが、相手にとっては拒絶に思えたのかもしれない。

「すまなかった」

男は悲しそうな顔をして、手を引っ込めた。陽色は「いえ……」と、もごもごつぶやいたが、それ以上、言い訳することができずに黙り込む。申し訳ないことをした気がして、うつむいた。

「これはありがたく、いただいていく」

気まずい沈黙が落ち、男がそう言って踵《きびす》を返した。先ほどと同じように、あっという間に別の路地へ消えていく。

(俺、またやっちゃった)

残された陽色には、砂を噛《か》むようなざらりとした後悔が残った。

この世界であちこちの土地を彷徨《さまよ》ってきた陽色には、忘れたいのに忘れられない、トラウマのような思い出がある。

以前にも、男にしたのと同じように、施しをしたことがあった。

あの時は小学生くらいの子供たちで、彼らは天災を逃れてきた孤児たちだった。見かねて食べ物をあげたら、ついてきてしまった。

困ったなあと思いつつ、陽色も寂しかったから、ついつい彼らを構ってしまったのだ。

食べ物と着る物をやり、夜にはふかふかの寝床を与えた。子供たちは喜んだし、陽色もいいことをしたと思って、嬉しかった。

陽色は天災で親を失った子供たちのための施設ができたと聞き、そこへ子供たちを連れて行って預けた。

子供たちのことは行きがかり上、助けただけだったし、もちろん彼らを育てるなんてことは考えてもいなかった。ただ一時、面倒を見たに過ぎない。

当然、子供たちもわかっていると思っていた。

けれど施設に連れて行き、今日からここに住むこと、陽色とは別れ別れになると伝えた時、子供たちはみんな、見捨てられ裏切られたような顔になった。

「ぼくたちを置いていくの？」

「どうして一緒にいてくれないの」

陽色は子供たちに、何も言えなかった。施設にたくさんお金を寄付して、子供たちに着る物や食べる物を渡して、逃げるように施設を後にした。

いや、逃げるようにではない。はっきりと、陽色は逃げ出したのだ。

子供たちが大きくなるまで面倒を見るつもりなんて、なかった。見て見ぬふりはできないから、ほんのちょっとした親切のつもりだった。

でも一時でも親のように彼らを守り、俺がいるから大丈夫だよ、なんて優しい言葉をかけた。それに陽色が魔法で出した食べ物や寝具に慣れたら、この世界の孤児院の設備は、ひどく粗末で惨めなものに感じるだろう。

自分が子供たちの立場だったら、どう思うか。

恥ずかしかった。いたたまれなかった。自分がひどく傲慢で、浅慮で、馬鹿な人間に思えた。

人を助けるなんて、軽率だ。自分自身のことさえままならないのに。

特別な能力が備わっているからといって、いい気になっていた。最初に失敗したから、いい気にならないようにと気をつけていたのに、愚かだった。

「一緒にいてくれるって、言ったのに」

「嘘ついたの？」

去り際の、子供たちの責めるような眼差しが忘れられない。彼らの縋《すが》る声が耳にこびりついている。

そのまま残って、彼らの面倒を見ることだってできたのに、陽色は逃げ出した。

責任を持つことが怖かったのだ。いつか子供たちを疎ましく思ってしまいそうだった。「いい人」でいられる自信がなかった。

覚悟もないのに、ほんの一時、自分が気持ちよくなるために人に手を差し伸べた。自分は浅ましく卑怯な人間だ。自覚があるくせに、施設に引き返して償おうとしない。

他人も信用できないけれど、自分も信用できない。人も自分も、何もかもが嫌いになった。

現実から逃げて逃げて、陽色は今、森の中に一人でいる。

男と出会ってから三日後、陽色は再び街に来ていた。あの男のことが、どうにも気になって仕方がなかったのだ。

バターロールを渡した時に見せた、あの悲しい表情が忘れられない。

陽色のような、子供みたいな男に施しを受けたことが、彼の矜持《きょうじ》を傷つけたのかもしれない。子連れで、その子が体調を崩しているというのも気になった。戦火を逃れて、お金にも困っている。どこで寝泊まりしているのだろう。

あの男に限らず、街には困っている人が他にもいる。一つ一つ心を傾けていたらきりがない。忘れろと、何度も自分に言い聞かせた。それなのに、何をしてもあの男が最後に見せた、悲しい表情が目に浮かぶ。

あなたに怯えたわけじゃない。あまりにイケメンだから見とれただけだ。そう伝えればよかった。そんなことばかりが頭の中をぐるぐる回る。

これはもう一度、男に会うしか気を紛らわせる方法はない。陽色は三日目に悟り、リンゴのパウンドケーキを焼いて街に向かった。

（別に助けたいとか、そういうわけじゃない。ただの自己満足。いい人ぶって、ちょっと気持ちいい思いをしたいだけだから。俺、誰かの人生に責任なんて持てないし）

話す相手もいないので、心の中で言い訳をする。

ドキドキしながら街に行ったのに、男は見つからなかった。

街の人に聞いて回ったが、心当たりはないという。煮込み料理の酒場にも行ったが、三日前のあの時に来たきりだそうだ。

「ひょっとすると、別の街に移動したのかもな」

酒場の主人が言っていた。

ここはそれほど広い街ではない。半日もあればぐるりと回れる程度だ。もっと大きな街に移動したのかもしれない。

子供と二人で食べていくために、働き口を探しに行ったのかも。そうだったらいい。陽色は祈るようにして、街を出た。

その後、すぐに家には帰らず、街から十数キロ離れた大森林の入り口に移動した。

魔境とも呼ばれる大森林で、ほんの入り口であっても、獰猛《どうもう》な獣が生息している。滅多なことでは人は分け入らない。

しかし大森林のあちこちには、珍しくて美味しい森の恵みが採れるのだ。

陽色は暇にあかせて森の中に入り、果実や野草、キノコ類などを採集し、途中で出会った獣も含め、生息地を地図に書き記していた。

目的があるわけではない。とにかく毎日が暇なので、何かしていなければ退屈だったというだけだ。

「バナナ、バナナナっと」

獣に襲われないよう魔法で完全防備をして、土を掘る。陽色は味と食感から勝手に「バナナ」と呼んでいるが、実際は「森蔓芋《もりつるいも》」と呼ばれる芋類の一種らしい。

長い蔓のような根っこを掘り当て、鈴なりに生《な》った「バナナ」を収穫していると、かなり近くで獣の咆哮《ほうこう》を聞いた。声からして大型の獣だろう。

陽色の存在は、魔法によって獣からは認識できないようにしている。陽色が大きな物音を立てても、獣には気づかれない。

万が一、攻撃を受けても跳ね返すような魔法をかけている。防備は万全だと思うが、やっぱり間近で遭遇するのは怖い。出くわさないうらにと、帰り支度をした。

獣の咆哮は激しく、何かと争っているようだった。しかもこちらに近づいてくるようで、時おり木の枝を折るバキバキという物騒な音も聞こえてきた。

魔法の「呪文」を唱えて帰ろうとした時、人の声を聞いた気がした。

(まさか。こんなところに?)

そんな陽色の内心を打ち消すように、再び声がする。今度ははっきり聞こえた。

悲鳴ではなかった。怒号のような、武道の試合の時の掛け声にも似ていた。

誰か、命知らずの人間が獣と戦っている。にわかには信じがたかったが、聞いてしまった以上、知らんぷりもできない。

そろそろと音のする方へ移動する。陽色が自分にかけた認識疎外と防御の魔法は、獣を対象に限定している。

こんなところに人間がいるとは思わなかったからだが、見つかったら相手に怪しまれるだろう。最悪、魔物か何かと間違えられて、攻撃されるかもしれない。

なるべく物音を立てないよう、気をつけて近づいた。

背の高い草の繁《しげ》みをそっとかき分けると、数十メートル先に人の姿が見えた。それを見て、陽色はあっと声を上げそうになる。

（あの人は……）

大柄な男だった。くすんだ色のフード付きの外套を羽織り、重そうな大剣を手にしている。フードは外れて長い銀髪が露《あら》わになっており、その頭部には尖《とが》った獣の耳が二つ飛び出ていた。獣人だ。

大剣を操る巨躯と、髭に隠れていてもわかる、男っぽい端整な顔立ち。三日前、バターロールを渡したあの男だった。

街を出て、なぜ危険な大森林に入ったのか。

しかし、それより何より陽色が驚いたのは、彼が背中に子供を負《お》ぶっていたことだった。

フードをかぶっているので子供の顔は見えないが、男と同じくすんだ色の外套を着て、紐で背中に固定されている。

革の小さな手袋をはめて、その手でぎゅっとおんぶ紐を握りしめていた。

そういえば、男には小さな子供がいると言っていた。子を背負って逃げてきたのだ。

（そんな……無茶だよ）

男が剣を構える先には、真っ黒い巨大な熊がいた。グリズリーよりも大きい、アフリカゾウほどもある大熊だ。

男がどれほど剣技に優れているのか知らないが、子供を背負ってあんな大きな熊と戦うなんて、無茶に決まっている。

助けなければ。でも、どうやって？

陽色はチートな魔法を持っているが、万能ではない。陽色自身の知能や判断力が向上したわけではなく、咄嗟《とっさ》の判断で魔法の使い方を間違えれば、男と子供は助からない。

（どうしよう）

陽色が迷っている間に、男は腰から下げた袋から片手で何かを取り出し、投げた。

それは礫《つぶて》だったらしい。威力はさほどでもないが、正確に大熊の目に当たった。大熊は咆哮を上げて怯んだ。

その隙に、男は駆け出す。

「こっち！」

こちらとは反対の方向へ走り出したので、陽色は思わず草むらから飛び上がって声をかけた。

男はギョッとして動きを止める。

大熊は礫の攻撃から立ち直り、背中を向けた男を襲おうとしていた。フーフーと荒い息がここまで聞こえる。大熊は怒り狂っていた。

「早く、こっちに来て！」

男は一瞬だけ迷い、すぐさま陽色のいる方へ向きを変えた。大熊が体勢を低くして飛び掛かろうとする。

しかし、男の動きは驚くほど素早かった。地面を蹴って、またたく間に陽色のいる場所までやってくる。

陽色はそのチャンスを逃さなかった。

剣を構えた男の腕にしがみつくと、急いで両足のかかとを三回合わせ、呪文を唱えた。

『おうちが一番！』

唱え終える寸前、間近に大熊の咆哮を聞き、生臭い息を嗅いだ。

それらはしかし、次の瞬間にはかき消えていた。

鬱蒼《うっそう》とした森の木々は失《う》せ、目の前に二階建てのログハウスがたたずんでいる。陽色は安堵《あんど》して、その場にへたり込みそうになった。

どうにか立っていられたのは、隣に男がいたからだ。

「これは、いったい……」

子供を背負った男は、持っていた剣をだらりと下げ、呆然とつぶやいた。

大熊から間一髪で逃れたものの、陽色は焦っていた。

（どうしよう。うちに連れて来ちゃった）

ここは自分だけのセーフティハウス、秘密基地だ。誰も招くつもりはなく、誰にも見つからない隠れ家《が》だった。

二階建てのログハウスも、中の設備も、みんな陽色がいた日本の文化と技術水準に合わせている。

この世界はまだそこまで技術が発達していないから、きっと中に入ったら驚かれる。

（どうしよう。このまま別の場所に移動してもらう？　なんか訳ありみたいだし、あんまり巻き込まれたくないし。でも、追い返すみたいで悪いかな）

陽色があれこれ考えを巡らせる横で、男は驚いたようにログハウスや庭を見回していた。

しかしすぐに我に返り、くるりと陽色を振り返る。

「命を助けてくれて礼を言う。街でパンをくれた子供だな。一度ならず世話になった。魔術師だったのか」

「え、いいえ、えっと」

「では魔術師の弟子か？　年格好からしてそうだな。本当にありがとう。ここには師と住んでいるのかな」

陽色は返答に困った。自分は子供ではないし、こちらの世界で言う魔術師とも違う。

でも、魔術に詳しくない人から見れば、どう違うのかもわからないだろう。子供と間違えられるのは複雑な気分だが、まあよくあることだ。

ひとまず相手の勘違いに乗っかることにして、「そうなんです」と、うなずいた。

「ただあいにく、師匠は留守にしてまして。とにかく無事でよかったです。えっと、どちらまで行かれるんですか？　よろしければ、そこまで送りますけど」

だから早いところ、テリトリーから出て行ってほしい。面倒に巻き込まれたくない。訳ありっぽいけれど、それならなおさら、陽色には何もできない。

食糧と水、それに金貨もたっぷり渡して、安全なところまで送ろう。それで十分ではないか。

「どこまで行きます？　北？　南？」

ずいずいと畳みかけると、男は戸惑ったようにあごを引いた。何か言いかけて口を開く。しかしその前に、男の背中から弱々しい声が聞こえた。

「あに……うえ」

そういえば、男は背中に子供を負ぶっていたのだった。あまりに静かなので、陽色は一瞬、子供の存在を忘れていた。

「ビー！　無事ですか！」

男の尖った耳がピッと動き、慌てたようにおんぶ紐を解く。陽色も、もしや先ほどの戦闘で怪我でも負ったのかと青ざめた。

「ビー、怪我は」

「ぼくは、だいじょうぶ」

ビーというのが、子供の名前らしい。

と、声が聞こえた時には陽色もホッとしたが、その声は弱々しかった。

「兄うえ、兄うえは、だいじょうぶ？　けがは？」

声を出すのも苦しそうで、それでも兄を心配している。子供を抱き上げた男は、痛ましそうな顔になった。

「私は大丈夫です。苦しいのですか」

「う、ん……あつ……い」

そういえば街の居酒屋で会った時、子供が体調を崩していると言っていたっけ。熱があるのだろうか。そんな身体でなぜ、危険な大森林に入ったのか。

疑問に思う陽色の前で、子供はもう一度「あつい……」とつぶやき、苦しそうに頭を振った。

外套のフードが取れ、子供の顔が露わになる。

「あ」

思わず、声を出してしまった。男の弟だから、同じ人の顔に獣の耳をしていると思っていた。しかし現れたのは、銀色の獣頭だった。鼻先が尖っていて、でもまだ顔立ちが幼い。子供の狼だ。

人語を話していたし、男を兄上と呼ぶのだから、この子も獣人なのだろう。

しかし、陽色が今まで出会ったことのある獣人は皆、人面に獣の耳と尻尾を持つ、半人半獣の姿だった。獣頭を持つのは珍しい。

思わず発した声に、男がじろりと陽色を睨んだ。迫力があって怖い。しかし、子供がけほっと咽《むせ》たので、すぐに心配そうな顔に戻った。

「ビー」

「兄うえ。ぼく、めーわく、かけて、ごめ……なさい」

苦しそうな息をしながら、子供はたどたどしく言葉を発する。

この子はいくつくらいだろう。口調はまだ舌たらずで、顔を覆う毛も産毛のように柔らかくふわふわで、うんと幼く見える。

なのにつらいとか苦しいとは言わず、ただ兄を気づかっている。

本当に苦しそうで、見ているのがつらかった。男はそんな子供を見つめ、わずかにためらう表情を見せた後、決意を固めたように陽色を見た。

その時にはもう、陽色の心は決まっていた。相手が何か言うより早く、口を開く。

「中に入ってください。その子の手当てをしましょう」

男は驚いて目を瞠り、それからくしゃりと顔を歪ませた。

「ありがとう。……すまない」

街でパンを渡した時に見せた、あの悲しく苦しげな表情だった。


ログハウスに入ると、陽色は真っすぐ二階へ向かった。

この家を建てる時、張り切って贅沢《ぜいたく》な間取りにしたので、一人暮らしなのに部屋数だけはたくさんある。

今は一階に居住スペースができてしまい、二階はほとんど使っていなかった。

陽色が先に立って歩き、男は子供を抱いて後に続く。

本当は玄関で靴を脱ぐことになっているのだが、男が履いている靴は編み上げのブーツで、脱ぐのが大変そうだ。床が汚れるより、今は子供が優先だった。

男もキョロキョロと物珍しそうに中を見回していたが、一刻も早く子供を寝かせたいのか、何も尋ねてこない。

「ちょっと部屋の準備をするので、そこで待っていてください」

玄関ホールにある階段を上ってすぐ、トイレの隣の部屋の前に立つと、陽色は男にそう言い残して一人で部屋に入った。

使われていない部屋の中には何もない。庭に面した窓があるだけだ。

陽色は籠に入れておいたハンカチと竹筒の水筒を取り出し、魔法でハンカチをカーテンに、水筒を子供用のベッドに変えた。スプリングのきいた、ふかふかで通気性のいい寝具付きだ。

ポケットから硬貨を取り出し、そちらをテーブルと丸椅子にする。何もない場所からテーブルや椅子を取り出すこともできるが、物の形を変える方がやりやすいのだ。

最低限の設《しつら》えを整えて、部屋の外で待つ男と子供を招き入れた。

子供をベッドに寝かせ、男に椅子を勧めてから、陽色は一階へ下りる。

まず何をおいても考えなければならないのは、子供のことだ。ビーというあの狼の子供の体調を治さなければならない。

陽色にとって、それは難しいことではなかった。

台所の棚から自家製のリンゴのジャムを取り出し、カップにたっぷり入れて水を注ぐ。

水を魔法で温めてジャムをよく溶かし、子供でも飲みやすいように人肌より少し高い温度に下げた後、願いを込めて呪文を唱えた。

『これをビーが飲んだら、すぐにビーの熱が下がる。ビーの病気が治る』

呪文の構文は、あらかじめ慎重に考えた。主語がないと魔法の対象は曖昧になり、効力も薄れてしまう。

カップに木匙《きさじ》を添えてお盆に載せ、二階の部屋に戻った。

男はベッドの傍らに座り、横たわるビーを心配そうに見つめていた。

「これを、弟さんに飲ませてください。元気になります」

まるきりの善意だったのに、男は軽く眉間に皺《しわ》を寄せて、差し出されたお盆を見た。すぐには手に取らない。

「これは？」

「リンゴジャムをお湯で溶かしたものです。魔法をかけたので、体調が良くなると思います」

「毒見をしてもいいか」

ずいぶん大仰だ。それにせっかくの親切にケチをつけられているようで、気分が悪い。

しかし、男は真剣そのもので、ビーの容態も気にかかる。陽色は一瞬芽生えた不満を押しやり、「どうぞ」と言った。

男は木匙を取ると、リンゴジャムのホットドリンクをひと匙すくい、口に含んだ。舌先で味わってから、ゆっくり嚥下《えんか》する。

男の耳がぴくぴくっと動き、軽く目が見開かれた。

観察するように、じっとカップを見つめる。耳がカップに向かってぴんと伸びていた。

「美味《うま》い」

男は小さくつぶやく。毒見はそれで終わったらしい。木匙でまたひとすくいして、いそいそとビーの口に運んだ。

「ビー。飲んでください。リンゴだそうです」

男が優しく言うと、ぜえぜえと荒い息をついていたビーは、弱々しく口を開いた。リンゴの小さな塊を飲み込むのを、男はじっと見守る。戸口に立っていた陽色も、固唾《かたず》をのんでしまった。

ビーはホットドリンクをゆっくり飲み込み、ほっと息をついた。

「あまい。すごくおいしい」

つぶらな瞳から、ぽろっと涙がこぼれる。それを見た陽色も、泣きそうになった。幼い身体で、今までどれほど我慢をしてきたのか、想像してしまったのだ。

男も泣き笑いのように表情を歪ませたが、すぐに何でもない微笑に戻り、ひと匙ずつ丁寧に弟の口へ運んだ。

一口、二口と飲み進めるうちに、ビーの呼吸は静かになった。すべて飲み終える頃には、苦しげだった表情もすっかり和らいでいた。

そうした変化を確認した陽色は、急いで一階の自分の寝室へ行き、子供用のパジャマを作った。ビーが外套とブーツを脱いだだけで、寝心地が悪そうな旅の装いのまま寝かされているのに気づいたからだ。

尻尾があるだろうから、ネグリジェのようなワンピース型にしてみた。

ついでに男の着替えも用意する。ちょっと迷ったが、スウェットの上下にした。デザイン能力がないからカッコいい服など思いつかないし、陽色としては、これが一番らくちんなのだ。ネグリジェはともかく、スウェットはこの世界では、生地も作りもあり得ない被服である。

(けど、もう今さらだよな。適当なことを言ってごまかそう)

今はとにかく、二人が過ごしやすいようにしたい。

部屋の中でよく見ると、男もずいぶん疲れた顔をしていた。精悍《せいかん》な顔立ちながら、目が落ちくぼんで痩せこけていた。

街の人たちが言うリュコス人ならば、ずいぶん長い距離を旅してきたのだろう。

戦争や災害、災いに巻き込まれた人々を見るたび、息が詰まるような苦しさを覚える。続いてこみ上げる、無力感と罪悪感。

もう同じ思いはしたくなかったけど、こうなってしまったからには仕方がない。

(二人にできることをしよう。同情しすぎず、ほどよい距離を保って。自分のメンタルも守らないと。鈍感力、鈍感力)

心の中でつぶやきながら、風呂用の木桶《きおけ》にお湯を張った。着替えとタオルを一緒に持って、ビーたちの部屋に戻る。

手がふさがっていたので、魔法でドアを開けた。一人暮らしが長くて、ノックをする習慣も忘れていたのだが、ドアを開けた途端、男が壁に立てかけてあった大剣に腕を伸ばしたので、びっくりした。

陽色が戸口で固まっていると、男はバツが悪そうに大剣から手を離す。

「すまない。習慣で」

漫画に出てくる殺し屋みたいだ。

「こっちこそ、声もかけずにすみません。これ、お湯です。ビー君でしたっけ。汚れて気持ち悪いだろうから、顔や手足だけでも拭いてあげたらどうかなって。あと、こっちはお二人の着替えです」

木桶を渡し、ベッドの端に着替えとタオルを置く。

「心遣いに感謝する」

男は驚いたように着替えと木桶を見たが、すぐに礼を言ってぺこりと頭を下げた。

なんだか武士みたいだな、と陽色は思う。しかも、陽色に対しては目下の者のような言葉を使うのに、弟に対しては敬語なのだ。

弟も「兄上」と呼ぶし、いい家のお坊ちゃんだったのかもしれない。

(そういえば街の人が、リュコスの王子が逃げ延びてるって言ってたっけ)

幼い末の王子が家臣たちと逃げている。そう言っていた。

二人は、本当の兄弟ではないのかもしれない。

「おにいさん」

考え事をしていた陽色は、不意に子供から声をかけられて我に返った。

「おにいさん。ありがとうございます」

ふわふわしてあどけない子狼の顔で、おずおずと礼を言われ、陽色は心がほっこりした。思わず相好《そうごう》を崩してしまう。

「どういたしまして。ここには怖い獣は来ないから、ゆっくり休んでね」

陽色が言うと、ビーはこくりとうなずく。素直でいい子だ。

可愛い子狼に癒《いや》されたが、そんな浮かれた気分も、ビーが着替えるのを見て霧散した。

ビーはひどく痩せていた。柔らかい被毛に覆われた身体には、あばらが浮いていた。

「ねむい……このまま寝ても、いいですか」

パジャマに着替え、男に温かい濡れタオルで顔と手足を拭いてもらうと、くしくしと目を擦り始めた。

男が気がかりそうに、陽色の顔色を見る。陽色は「もちろん」と、即答した。

「ゆっくりおやすみ。起きたらご飯を食べよう」

「ありがとう」

か細い声が言い、すぐに安らかな寝息が聞こえてきた。

ビーが眠ると、陽色は男を部屋から連れ出し、一階のバスルームに案内した。

「ここをひねれば、新しいお湯が出ますから。こっちはシャンプーとボディソープ……ええっと、髪用の石鹸《せっけん》と身体用の石鹸です。押せばプシュッと出ますから。遠慮せずいっぱい使ってください。あ、これ、ブラシと髭剃りと髭剃り用のクリーム。タオルと着替えはここに置いておきますね。湯上がりはこっちのスリッパを履いて」

お湯を張った湯船を見せ、陽色がテキパキ説明をする間、男は目を白黒させていた。

「人間の魔術師は、すごいな。まるで神の御業《みわざ》だ」

普通の魔術師はこんなことはできないはずだ。はは、と乾いた笑いでごまかした。

「旅の汚れを落として着替えたら、ご飯を食べましょう。お兄さんもお腹、空いてますよね」

バスルームに男を押し込める。ビーも男も痩せ細っていた。おそらく、旅の間は満足に食事ができなかったに違いない。

二人の素性が気になる。しかし、それはそれとして、ここまでお節介を焼いた以上は、二人に美味しいものを食べさせたい。

(消化にいいものがいいな。でも獣人だから、肉もほしいかな)

放浪生活の中で、獣人にも何度か出会ったことがある。獣人というのは、狼や熊など肉食系の獣を祖先にしているそうで、草食獣を祖とした獣人は進化の過程で淘汰されたのか、この世界には存在していない。

今まで出会った獣人たちは、食べ物は人間と変わらず、でもたいてい、野菜より肉や魚の方が好きだった。

「よし、ポトフにしよう。豚肉と、あとソーセージの美味しいやつがあるんだよね」

献立を決めると、キッチン横に設えたパントリーから食材を取り出し、鍋をコンロの火にかけた。

野生豚の肉と、同じく野生豚の腸詰め、家庭菜園の野菜を一緒に煮込む。塩と胡椒《こしょう》でシンプルに味付けた。

バターロールをお皿いっぱいに盛り、それから思い出して、男のために焼いたリンゴのパウンドケーキを出した。

キッチンと間続きのダイニングテーブルに料理を並べていると、男が風呂から上がってきた。

「とても快適だった。ありがとう」

礼儀正しく現れた男の姿を見て、キッチンからお茶を運んでいた陽色は、ポットとカップを取り落としそうになった。

男は髭を綺麗に剃り落としていた。濡れてぼった長い銀髪は、綺麗に櫛《くしけず》られて後ろに撫でつけられている。

それだけのことなのに、野武士のような野性味のある容姿から一転、見とれるような美形に変わっていた。

目鼻立ちが整っていると思ったが、想像以上の美形だった。それに若い。やつれた頬が痛々しいが、それさえも艶っぽく感じた。手足がすらりと長く、痩せていてなお、筋骨隆々として迫力がある。

それにつけても、スウェットの上下が恐ろしく似合っていない。おまけにスリッパは、陽色が咄嗟の遊び心というか、いたずら心で可愛い灰色ワンコのアップリケをつけてしまった。

（あああ……）

絵に描いたような美丈夫なだけに、ものすごい違和感がある。

「すみません。別の服にすればよかったですね」

せめて、スリッパだけは普通のものにすればよかった。

「いや？　とても着心地がいい。人間の服け尻尾が窮屈なのだが、これはゆったりしているので助かる」

男は言って、陽色に背後を見せた。スウェットのズボンから狼の尻尾が出ていた。まだ少し濡れているが、それでも毛がたっぷりしていて見事だった。

「この履物も柔らかく快適だ。これは犬、狼をかたどったものか？　押し絵が凝っていて素晴らしい」

生真面目に返されて、ありがとうございますと礼を言った。本人が気にしていないなら、まあいいか。

「それじゃあ食事にしましょう。お口に合うといいんですが」

食堂に入った時から、男の視線がテーブルの料理に注がれているのに気づいていた。お腹を空かせているのだろう。

陽色が言うと、男は空腹に気づかれたことを悟ったのか、恥じ入るように目を伏せ、小さな声で礼を口にした。

テーブルに一脚だけある、背もたれ椅子を勧める。

「うち、食料は売るほどあるんです。おかわりもたくさんありますから、遠慮せず食べられるだけ食べてください」

「ありがとう。では、遠慮なくいただかせてもらう」

男はまた律義に言い、彼にはやや小さめの椅子に背筋を伸ばして座った。木製のボウルにたっぷりよそったポトフをスプーンですくい、ゆっくり口に含む。はっと目を瞠った。

「美味い」

銀の耳がぴるぴる震えている。後ろでわさわさと音がしているのは、尻尾が揺れているのだろうか。

それまで慎重だった男は、それから夢中でポトフを頬張り、バターロールを掴んだ。

彼がどれほど飢えていたのか、それでわかった。湯気が立った料理を前に理性を保つのは、すごく忍耐を必要としたはずだ。

彼はあっという間にポトフのボウルを空にし、おかわりをした。山盛りのバターロールもまたたく間に消え、リンゴのパウンドケーキも丸ごと一本、彼の胃に収まった。鍋いっぱいに作っておいたポトフも、ほとんど残らなかった。

「美味かった。こんなに美味い料理を食べたのは、いつぶりだろう」

やがて男は言って、大きくため息をついた。陽色もほっとする。

「よかった。二階に寝る場所を用意しますから、ともかくゆっくり休んでください。この家は大森林の真ん中で、まず人が来ることはありません。獣も家の柵の中には入れないようになっていますから、安全です」

安全、を強調してみる。男がまだ、完全に陽色を信用していないことは薄々わかっていた。陽色だって、男の素性がわからずちょっと怖い。

信用してもらえるか自信はなかったが、じっと相手の目を見つめて訴えると、やがて男はふっと表情を柔らかくした。

「ありがとう。世話になる」

薄く微笑みを浮かべると、甘く大人の色気のようなものが漏れ出てきて、同じ男なのにドキドキした。

しかしすぐ、男は気がかりそうな顔になる。

「我々は助かるが、お前が師匠から怒られたりしないだろうか」

そういえば、そんな設定だった。嘘は苦手だ。陽色は「すみません」と謝った。

「師匠がいるというのは、嘘です。家族もいません。ここには俺一人で住んでるんです。なので、何も問題はありません」

「ここに、一人で？　……そうか、大変だな」

男は驚き、それから痛ましそうに陽色を見る。子供が家族を失い、一人で暮らしていると思ったのだろうか。

「いえ。俺はもう、成人してますし。今年で二十三です」

「えっ」

嘘だろう、という顔だった。

「二十三歳です」

本当ですよ、という圧を込めて繰り返し、にっこり微笑んで見せる。男の耳がぺたりと後ろに倒れた。

「そ、そうか。すまない。若く見えたもので。あまり、俺と年が変わらないのだな」

いくつかと尋ねたら、二十八だと返ってきた。こちらは、思っていた以上に若かった。

「てっきり、三十六歳くらいだと思ってました」

「えらく具体的だな。ともかくありがとう。名乗り遅れたが、私はエルという。先ほどのビーは弟だ」

「陽色です。気ままな一人暮らしですから、お気になさらず」

名乗り合い、けれどそれ以上はお互い尋ねなかったし、話さなかった。

ビーの隣に大きなベッドとサイドテーブルを作り、エルを案内した。いつの間にか家具が増えていることにエルは驚いていたけれど、やはり何も聞かなかった。

サイドテーブルに小さな呼び鈴を置いて、何か欲しいものや困ったことがあったら呼ぶようにと言っておく。

「ありがとう、ヒーロ。細やかな心遣いに感謝する」

エルの堅苦しい感謝が、くすぐったかった。

部屋を出て一階に下りると、わずかに残ったポトフで一人、夕食を取る。

それでも寝るには早い時間だったので、キッチンでたまごパンを作った。二人が起きて、すぐに何か食べられるようにするためだ。

陽色のバイト先のパン屋で、たまごパンの名で売られていたそれは、元の世界では広く「甘食」と呼ばれていた。卵とバターと砂糖をたっぷり使った、おやつにもうってつけの懐かしいパンだ。陽色はバイト先のたまごパンが大好きだった。

(明日は他に、何を作ろうかな。ビーにも栄養のあるものを食べさせたいし)

パン生地を台所の窯に入れながら、ワクワクする。パンが焼ける間、ダイニングテーブルに椅子を二脚、作り足した。

エルのための大きな椅子と、ビーのための小さな椅子。三人でテーブルを囲む光景を想像した。

素性もわからない、見るからに訳ありな二人だ。ビーはいい子だし、エルも悪人ではなさそうだけど、人は信用できない。

それでも、この家に誰かがいるのが嬉しかった。

自由気ままな森の暮らし。でも陽色は、自分が思っていた以上に孤独に倦《う》んでいたことに気がついた。

エルとビーは夕方、寝床につき、翌日の昼近くまでぐっすり眠っていた。

ビーの方が先に起きて、たぶん寝ているエルを起こさないようにと思ったのだろう。そーっと足音を立てずに階段を降りてきた。

陽色はその時、キッチンでミルクシチューを煮ていた。ペタペタと小さな足音が聞こえてきたので、すぐにビーだと気づく。

「あの」

開け放した食堂のドアから、小さな子狼の顔がひょっこり覗く。

「おはよう。よく眠れたかな。気分はどう？」

陽色は調理の手を止めて振り返り、彼に近づいた。ビーがびくっと身を震わせたので、少し手前で立ち止まり、しゃがみ込む。

ビーの背丈は、陽色の太ももくらいまでしかない。よく知らない人が向かってくるのは怖いのだろう。

「どこか、つらいところはない？」

「はい。もうくるしくないです。あの、きのうはおいしいのみ物をごちそうさまでした。えっと、きのう、ですよね」

ふわふわの頭をぺこっと下げるのが可愛らしい。子犬みたい、と言ったら獣人には失礼かもしれないが、顔立ちは子犬と変わらず、つい構ってしまいたくなる愛らしさなのだ。

陽色はふふっと思わず笑顔になった。

「うん、昨日。もうすぐご飯ができるけど、喉は渇いてない？　あ、その前にお手洗いは大丈夫かな」

「あ、お、おてあらい。ぼく、おしっこしたくて」

そわそわ足踏みするので、陽色は慌てて一階のトイレに案内した。ビーは水洗式のトイレを見て軽く目を瞠ったが、おちおち驚いている暇もないようだった。

簡単に使い方を教えてやる。少しして、ホッとした様子でビーが戻ってきた。

「手を洗った？　じゃあご飯にしようか。ミルクシチューなんだけど、食べられるかな」

テーブルに、シチューをよそったボウルとたまごパンを山盛りに盛った器を並べておいた。

弱った胃に負担がかからないように、そして食べた人が元気になるように、パンにもシチューにも魔法がかけてある。

子供用の椅子を引いてやると、ビーは二つの耳をぴん、と伸ばした。それから料理に釣り込まれるように、トトト……と小走りに駆け寄って、獣人らしい身軽さで椅子に飛び乗る。

「どうぞ召し上がれ」

陽色が言うやいなや、ビーは昨日のエルと同じように、夢中で食事を始めた。

「あまい！　おいしい！　すごくおいしい！」

口にたまごパンを、目には涙を溜めて叫ぶから、陽色も嬉しいような、切ない気持ちになる。

「よかった。シチューもパンもたっぷりおかわりがあるから、食べられるだけ食べてね」

「あ、ありが……っ」

ご飯を食べたいけれど、ちゃんとお礼を言わなくちゃ、という気持ちがあるらしく、パンとシチューを頬張りながらも、必死に口を開こうとする。

昨日も思ったけれど、ずいぶんしっかりした子だ。

「俺も食べよっと。気にせず食べてね。話は食べ終わってからにしよう」

陽色が促すと、ビーはこくこくうなずいて食事を続けた。ミルクシチューは我ながら、いい出来だった。

たまごパンもふわふわさくっと焼けている。

しばらくビーと二人、無言のまま食事を続けた。

やがてお腹がいっぱいになると、陽色は食後の飲み物として、昨日のホットドリンクを作った。自分の分は熱々で、ビーの分は昨日よりほんの少し熱めに作る。

木匙を添えてビーの前に出すと、耳をぴんと立てて喜んでいた。木匙でコップの底に溜まったジャムをすくい、ふーふー吹きながら口にする。狼だけに、猫舌なのかもしれない。

「そういえば、ビーはずいぶんしっかりしてるけど、年はいくつなの？」

陽色もカップに口をつけながら、さりげなく尋ねた。あれこれ詮索するつもりはないけれど、素性の一端くらいは聞いておきたい。

本当は知ろうと思えば、彼らの何もかもを覗き見ることができる。チート能力に気づいた頃、他人の事細かなプロフィールをゲームのステータス画面に見立てて覗き見るのがマイブームだった。嫌なブームだ。

最初は自分が万能になった気がして楽しかったけど、そのうち自分のしていることを客観的に見て、居心地が悪くなった。

防犯の意味も兼ねて、通りすがりの怪しい人物の素性を覗くことはあるが、曲がりなりにも寝食を共にする相手には極力使いたくない。後で自分が後ろめたい気持ちになるからだ。

「ぼくは五さいです」

ビーがはにかみながら答えた。陽色は驚いて「五歳！」と、おうむ返しにしてしまう。

「もっと年長さんだと思ってたよ。しっかりしてるなあ。俺が五歳の頃はどうしてただろう。鼻水垂らして虫とか捕ってたような」

知性の欠片もなかった気がする。陽色がしきりに感心していると、ビーは照れ臭そうにもじもじした。はにかみやさんなのだ。

「そういえば、まだ君には名乗ってなかったっけ。俺は陽色。赤羽陽色。君のお兄さんより五歳若い、二十三歳」

「あ……あか、ば……ね、ひ・いろ」

こちらの世界、とりわけこの一帯の言語圏では、陽色のフルネームは発音しにくいらしい。たどたどしくビーが繰り返すので、「ヒーロでいいよ」と伝えた。

ビーが「ヒーロ」と、口の中でつぶやく。そうそう、とうなずくと、ビーは嬉しそうにニコッと微笑んだ。可愛い。

「ヒーロは、街でパンをくれた人でしょ。ありがとうございました。あのパンもすごくおいしかった。ぼくたち、あまり食べるものがなくて……」

つらい記憶を思い出したのか、ビーが表情を暗くする。

「食べてもらえてよかった。君とお兄さんは、リュコスの人なんだろ。大変だったね」

何気なく言ったのだが、しかしリュコスの名を出した途端、ビーはびくっと身じろぎし、あからさまにオロオロし始めた。

「ど、どうして知ってるの」

彼にとって、まずいことを聞いてしまったらしい。陽色は慌てて「ごめん」と謝った。

「嫌なら話さなくていいんだ。ただ、帝国がリュコスに攻めてきたのは有名な話だから。あの街には最近、リュコスから逃げて来た人たちが増えてるみたいなんだ。お兄さんも君も獣人だから、てっきりリュコスの人かなって思ったんだ。勘違いだったらごめんね」

ビーの素性を知っているわけではない。遠回しにそう告げると、ビーはひとまず安堵したようだった。

それでもまだ少し、不安は残っているようで、耳がぺたりと後ろに寝て、つぶらな目がちらちらと陽色を窺っている。

陽色も、ビーを不安にさせてまで素性を聞き出したいわけではなかった。こういう時、どんな言葉をかければ相手は安心できるのだろう。

考えあぐねていた時、二階でどすん、と音が聞こえた。どす、どすんと重いものが動く気配がし、続いてドアを乱暴に開ける音が響く。

「ビーッ！」

エルの叫び声が聞こえた。陽色とビーがあっと顔を見合わせたのも束の間、弾丸のような速さでエルが階段を駆け下り、ダイニングに飛び込んできた。

その手には大剣が握られている。すぐに抜けるように片手は鞘《さや》を握っていて、いつでも攻撃できるよう体勢がわずかに沈んでいた。

（怖っ）

やっぱりこの男は殺し屋かもしれない。男の戦闘態勢に恐怖を覚え、陽色は思わず「降参」と、もろ手を挙げた。

エルは目が覚めて、近くにビーがいないので焦ったらしい。

「動く時は、どんなに近くでも、何があっても私を起こせと言ったでしょう」

テーブルに座るビーの姿を発見し、安堵した様子ですぐ剣を下ろしたが、心配しすぎて怒りに変わったのか、エルは怖い顔でビーを叱った。

「ごめんなさい」

ビーは耳を寝かせて謝る。陽色は内心で、そりゃあないでしょと突っ込んだ。

「ビーはトイレに行きたかったんだよ。それに、お兄さんが長旅で疲れてたから、寝かせてあげたかったんじゃないの」

内心に留《とど》めきれず、口に出す。推察は当たっていたようで、ビーはこくっとうなずいた。

「それでも。どんな状況であろうと私を起こしてください。遠慮は無用だと、申し上げたはずです」

厳《いか》めしい声で言うから、ビーはしゅんと肩を落としている。

彼らがリュコス人ならば、これまで帝国軍から逃げ延び、つらく長い旅を続けてきた。生きるために厳しくならざるを得なかったのだろう。

ここまで来ると、あえて尋ねなくても薄々　彼らの素性が見えてくる。

このビーという子は、街で噂の生き残った木の王子……ではなかったとしても、貴族の子供だとか、身分のある家の子供だろう。エルはその護衛で、彼の家臣だ。

ビーの身の安全が最優先事項、それは理解できる。陽色が口を挟む権利はないということも。

でも、そんなにピリピリ張り詰めていたら、エルだけではなくビーまで参ってしまう。

ここは安全なのだから、今だけは気を抜いてほしいのに。

いろいろと言いたいことを頭の中で考えて、でも結局、それらは口にしなかった。

ここで陽色が感情のまま喋《しゃべ》ったら、きっとエルと言い合いになる。エルの信頼を失えば、頭の固い彼はビーを連れて出て行ってしまうかもしれない。それだけは避けたかった。

「エル、お腹空いてない？　とりあえず顔を洗って、食事にしようよ。今日はミルクシチューとたまごパンを作ったんだ。結構美味しくできたんだよ」

できるだけ明るい声、気さくな口調で、陽色は提案してみた。ビーが不安げな顔のまま、エルのスウェットの裾を引く。

「すごくおいしかったの。エルも食べてみて」

言ってから、エルが目を見開いたので、ビーはびくっと首をすくめた。

「……かってに食べて、ごめんなさい」

「あ……」

小さな声が、エルの口から洩《も》れた。自分の態度が、ビーを怯えさせている。そのことに、今さらながらエルは気づいたようだ。

ビーと同じように耳を寝かせ、一度口をつぐむ。やがてそっと手を伸ばし、ビーの頭を撫でた。

「いいえ。私の方こそ、言葉が過ぎました。たくさん食べられましたか」

「うん。もうおなかがパンパン」

ビーがホッとしたように笑って、お腹を撫でて見せる。

エルも微笑んだ。ようやく空気が和む。

それから改めて、三人でテーブルを囲んだ。陽色もビーも満腹なので、飲み物をゆっくり飲む。その間、エルは昨日と同じく豪快にミルクシチューとたまごパンの残りを平らげた。

「美味い。昨日も思ったが、これをすべて陽色が作ったのか。パンまで？」

「そうだよ。故郷では親戚がパン屋をやっていて、俺もちょっとそこで働いてたんだ。パン作りはその時に教わった」

といっても、陽色の担当はレジ係だったから、本格的にパン作りの修行をしていたわけではない。

ただ、子供の頃からその店のパンが好きで、バイトをするようになってからはレシピを教わり、休みの時に家で作ったりしていた。つまり趣味の域である。

こちらでは市販のイーストなんてないから、天然酵母を育てたり、材料も違うからいろいろ勝手が違った。

パンらしいパンを焼けるようになったのは、この家で暮らすようになって、ここ最近のことである。

パン作りはそれなりに時間がかかる。ゆえに、暇を持て余した独居人にはちょうどいい。

「魔術だけでなく、料理人の才能もあるのか。多彩だな」

手放しに褒められてこそばゆい。しかも魔術は才能ではなく、まさに完全なるチートなのだが、笑ってごまかした。

エルも食事を終え、お茶で一息つく。ビーの熱は下がり、魔法の食事に加えて一晩寝てすっかり体調も良くなったようなので、二人でお風呂に入ることを勧めた。

エルは昨日入ったけど、ビーは手足を拭いただけだ。毎日風呂に入るのが習慣の陽色にとっては、風呂に入ってさっぱりしてほしいと思う。

昨日の入浴が心地よかったらしく、エルは素直に勧めに応じた。ビーは見知らぬ設備にちょっと怖がっていたけれど、風呂から上がった時には気持ちよさそうにリラックスしていた。

エルとビー、二人のために着替えのスウェットを用意しておいた。

ビーにもエルとお揃《そろ》いで、ワンコのアップリケのついたスリッパを履かせる。ビーはともかく、相変わらずエルの美貌にスウェットが恐ろしく似合わないが、本人たちは気に入ったようだった。

「三人おそろいだ」

スウェットを着たビーは、はしゃいだ声でそう言った。

その後は家の中を案内し、庭に出て家庭菜園を見せたり、敷地を囲む柵に防御と防犯の魔法がかかっていることなどを説明した。

二人とも、物珍しそうに庭を見回していて、特に陽色が暇にあかせて作ったレンガの窯に興味を示していた。

そうこうしているうちに日が暮れて、今度は夕食の時間になる。三人で囲む初めての食事だ。

献立は、魚のバターソテーと蒸し野菜の付け合わせ、バターロール。それだけでは大人のエルには物足りないだろうから、野菜と肉団子のたっぷり入ったスープもつけた。

「新鮮な魚まで食べられるとは。この近くには川があるのか」

エルは魚をことのほか喜んで、耳をぴくぴくさせた。

「近くにはないけど。魔法である程度、保存がきくんだ」

川魚ではなく海の魚なのだが、そこはうやむやにしておいた。海はここから千キロ以上も先で、おそらくエルたちには馴染みのないものだろう。あれもこれも手の内を晒《さら》したくない。

幸い、エルもビーも魚が海のものか川のものか、わからなかったようだ。

二人とも美味しそうに料理を平らげた。陽色も彼らにつられて、いつもよりたくさん食べた。

誰かと食卓を囲むのは楽しい。一人の時よりずっと、食べているという実感がある。

胃袋が許すなら、いつまでも食べていたかったし、二人にいくらでも食べさせたかった。

でもお腹がいっぱいになると、ビーはすぐに眠そうにウトウトし始めた。子供にしても寝るには早い時間だが、たぶんまだ身体が回復しきっていないのだろう。

「ベッドに行きましょう」

エルが抱き上げて寝室へ運ぼうとしたが、ビーは「眠くないよ」と、目を擦りながら抵抗した。

「まだ起きてる」

エルと陽色の顔を交互に見て、必死の様子で訴える。もしかすると、ここで眠ってしまったら、この平和な状態が壊れてしまうと思っているのかもしれない。

陽色も以前、逃亡生活を終えて平穏な日常を得たのに、しばらく寝るのが怖かった。

「ビー、寝てきたら？　今夜もゆっくり寝て、明日の朝、起きたらフレンチトーストを焼いてあげる」

思いついて、陽色はビーに提案した。

「フレンチトースト？」

「うん。卵と砂糖と牛乳を混ぜた液に、パンを浸すんだ。柔らかくなったそのパンをバターでこんがり焼いて、蜂蜜をたっぷりかけて食べる。中はふわふわで外はカリッとしていて、美味しいよ」

ごくっと、二人分の喉が鳴った。ビーと、それにエルだ。エルがハッと我に返って恥ずかしそうに目を逸《そ》らすので、陽色は笑ってしまった。

「もちろん、エルの分も作るよ。明日の朝起きたら、三人でフレンチトーストを食べよう」

目が覚めて、楽しいことが待っていると思ったら、寝るのも怖くなくなるかもしれない。そんな考えだったが、果たしてビーは、目を輝かせて「うん、寝る」とうなずいた。

エルに伴われて寝室へ上がっていく。ほどなくして、エルだけが戻ってきた。

「ねえ、エル。お酒は飲めるかな。ちょっと飲まない？　大人の時間、ってことで」

大人同士、少しだけ腹を割って話さなければならない。陽色が食糧棚から取り出した酒瓶を振って誘うと、エルは微妙な顔をした。

微妙というか、不思議な反応だ。酒と聞いて耳をピンと張ったのに、すぐにへにょっと寝かせてしまう。

「ああ。だが、ヒーロは大丈夫なのか？」

酒を飲めるのか、ということだ。エルにはよくよく、子供っぽく見えているらしい。

陽色はムッとして相手を睨んだ。

「飲めます。あんまり強くないけど。俺、二十三歳だって言わなかったっけ？」

「そ、そうだったな。頭ではわかっているんだが。……すまない」

逞しく大柄な男が申し訳なさそうに謝るので、陽色は許してやることにした。

酒とコップ、それに割り物の水と氷をトレイに載せ、食堂と間続きの居間に移動する。

居間はテレビなどはないが、フローリングの上にカーペットを敷き、ローテーブルとソファを置いていた。スリッパを脱いで、裸足でくつろぐようにしている。

陽色がカーペットの上でスリッパを脱ぐように勧めると、エルはおずおずそれに従った。

「あんまり、靴を脱ぐのは馴染みがないかもしれないけど」

「いや。俺の故郷でもくつろぐ時は履物を脱いだ。ただ、絨毯《じゅうたん》が見事な意匠なので、感心していただけだ」

「そ……そう？　大したことないけど」

カーペットは、陽色がいた日本でお馴染みのポケットなモンスターのキャラクターが描かれていた。つぶらな瞳で電気を操る黄色いモンスターだ。

家の中には、そういうキャラクターグッズがたくさんあった。独りぼっちで寂しいので、どうしても可愛いものや懐かしいデザインにしてしまうのである。

一人でいた時は何とも思わなかったが、改めて指摘されるとちょっと恥ずかしい。

そして目の前では、スウェット姿の美形獣人が、ワンコスリッパを脱いでキャラクター物のカーペットに降り立つという、情報量過多の光景が繰り広げられていた。

やはり違和感がすごいが、そう感じているのは陽色だけなのだろう。頭に浮かんだ多数のツッコミを端に追いやって、何でもないふりをした。

エルに続いてスリッパを脱ぎ、並んでソファに座る。陽色が勧めた酒を、エルは美味そうに呑んだ。

「美味い」

一口飲んで、エルはつぶやいた。どうやらいける口らしい。

酒は蒸留酒で、陽色が放浪の途中で高慢ちきな貴族から奪った、上等なものだ。度数が高いので、陽色は水で割ってちびちび飲む。

どちらもしばらく無言だった。陽色はエルの出方を窺っていたし、相手も同様だと気配で感じていた。先に口を開いたのはエルの方だった。

「お前は俺たちのことを、どこまで知っている？」

思っていた以上にド直球だった。面食らっていると、エルは苦笑する。

「腹の探り合いは苦手だ。お前も同じだと思った。違うか」

その通りだ。陽色は素直にうなずいた。

「どこまでって言うか、ほとんど知らない。噂《うわさ》と憶測でしか」

帝国によってリュコス国が滅びたこと、街の酒場で、リュコスの末の王子が家臣と逃げているという噂を耳にしたこと。

エルのビーに対する態度を見て、二人は逃亡中の王子と家臣ではないかと考えたこと。

「街の酒場で……そうか。もう街の人々にまで、噂が届いているんだな」

エルは苦い顔をして、自分のコップに目を落とした。王子と家臣だということを、否定しなかった。

「じゃあやっぱり、二人は」

「私の本名は、イオエル・ルー。そしてビーは、ビオン・リュコス殿下。リュコス王の末の王子だ。といっても、他の王家の方々は皆、亡くなられたので、ビオン殿下が最後の王族となる」

滅亡した王家の生き残り、それがビーなのだ。

みんな死んでしまった。ということは、あの幼いビーの両親も。

悲しみで息が詰まりそうになり、陽色は急いで瞬きをし、酒を飲み干した。エルと自分のコップに酒をつぎ足す。

「エルはビーの家臣なんだよね。貴族とかなの？　あ、ビオン様って言ったほうがいいのかな」

「いいや。今まで通り呼んでくれていい。俺はビーの側近であり、兄でもある。異父兄弟なんだ。母は、武門であるルー家に嫁ぎ、夫を亡くした後、やはり妃《きさき》を亡くしていた王の後添えとなってビーを産んだ」

もともと、エルの母と王は恋仲だったのだそうだ。身分が釣り合わないということで、一度は別々の相手と結婚したが、二人とも伴侶に先立たれ、ようやく結ばれた。

「恋愛小説みたいだ」

陽色が言うと、エルは少し面映《おもは》ゆそうに微笑んで、うなずいた。

「ビーは王が年をとって生まれた子供だったから、陛下もことさらお喜びになった。母は中流の貴族だったので臣下の顔で生まれると思っていたが、リュコス王家のお顔に生まれたので、周囲からも祝福されたのだ」

「顔？」

「他の国の者には馴染みがないか。リュコスの王族と認められる方々は皆、王家のお顔、つまり獣頭を持って生まれるんだ。獣頭はリュコスでは尊いとされている。人面は臣下の顔だ」

王家の血が薄いと、王族であっても人面の子が生まれることがあるという。獣頭を持たない王族には王位継承権がないのだそうだ。

ならばビーは、王位継承権を持つ最後の王族ということだ。

「ビーの上には二人の兄がいたが、どちらも俺より年上だ。ご結婚されているが、子に恵まれていない。だから兄王子たちにとっても、ビーは子供みたいなものだった」

エルは語りながら、遠い目をする。昔を懐かしむ眼差しだった。

家族みんなに愛されていたビー。でもきっと、今のビーを見るに、やみくもに甘やかされたわけではないだろう。家族が愛情深く、思慮深く、末の王子を育てていたのがわかる。

「あの頃は平和だった。ビーが生まれた頃は」

穏やかな表情が悲しみに曇った。

帝国軍がリュコス国の国境を越えて侵攻してきたのは、一年前のこと。ビーが四歳の誕生日を迎えてすぐのことだったそうだ。

「突然のことだった。それまでも我が国は、帝国の無茶な要求に従ってきた。周囲の国々から属国と嘲笑されながらも、和平の道を探ってきたのだ。しかし帝国にとって我が国は、結んだ盟約を守るまでもない、蟻《あり》のような存在だったのだろう」

エルの瞳に一瞬、憎悪の炎が燃え、けれどそれはすぐに消えた。

帝国とリュコス国は和平の約束を結んでいたが、にもかかわらず、帝国はある日突然、何の前触れもなく侵攻してきたという。

帝国軍は瞬く間にリュコス国の地方都市を陥落させ、王都へ攻め入った。

リュコス国の人々も必死で応戦したが、帝国軍との力の差は歴然としていた。敵も味方も、戦う前から結果はわかっていた。

「王都での決戦は、民を国外へ逃がすための、時間稼ぎの戦いになった」

死に戦だ。それでもリュコス国の兵士たちは民のために戦った。結果、多くの民が逃げることができたが、リュコス軍はほぼ全滅してしまった。

「王族とか、貴族の人たちは？」

陽色はおずおずと尋ねた。エルの口調は淡々としていて、だからこそ侵略されたリュコス国の悲惨さが、目に見えるようだった。

「貴族も平民も、女子供を逃がすことを優先させた。だが貴族たちの中には、武人でなくとも最後まで国に残ろうとする者が多かったな」

そういう人々を王族たちが説得し、一人でも多くのリュコス人を逃がそうとしたのだという。

「王族は最後まで残った。それが王家の義務だから。側近たちも同様だ。俺も、国が滅びるまでリュコスと共にあるつもりだった。ビーも幼いながら、運命を受け入れているようだった」

「でも、大人たちはビーを逃がそうとしたんだね」

陽色は両手でコップを握りしめた。

リュコスの大人たちが、ビーを逃がしてくれてよかった。王族の義務だとかで、幼い子供が死んでいいはずがない。

エルは静かにうなずいた。

「護衛に、異父兄である俺が選ばれた。王と母、それにビーの兄である王子たちに、ビーを生かしてくれと頼まれたのだ」

二人が国を脱出して間もなく、リュコスの王城は陥落した。

王族は皆殺し、残ったリュコス人たちは皆、帝国の捕虜となった。噂通りだ。

国を出ても当てはなく、そこから放浪の旅が始まった。

定住はできなかった。帝国は王族の一人が逃げたことをどこからか漏れ聞いていて、追っ手をかけていたからだ。

「ひたすら逃げ続けた」

やがて路銀は尽き、手持ちのものを売ったり、日雇いの仕事をして糊口《ここう》を凌《しの》いだという。

幼いビーを隠しながらの旅だ。容易ではなかっただろう。

「最後には宿に泊まる金もなくなって、野宿をしていた。長旅の疲れもあって、ビーは体調を崩してしまったのだ。最後の金も小さな黒パンにしかならなかった。そんな時、お前が柔らかな白パンを恵んでくれた」

バターロールのことだ。陽色は、はっとしてエルを見た。

「あれがなかったら、ビーの体力は持たなかっただろう。お前のパンが命を繋《つな》いでくれたのだ。礼を言う」

真っすぐに向けられた言葉に、陽色は胸をつかれた。

「あの時は、乱暴をしてすまなかった」

「ううん。いいんだ。あなたやビーの役に立てたなら。あれはただの自己満足だったし……余計なことをしたかなって、思ってたから」

「そんなことはない」

わだかまっていた気持ちを打ち明けると、エルはすぐさまぴっ、と耳を立て、勢い込んで言った。

「お前がパンをくれなかったら、俺もビーもあの街で力尽きていた。本当に感謝している」

パンを渡したあの時の、エルの悲しそうな表情が棘《とげ》のように心に刺さっていた。でも今、本人から感謝の気持ちを伝えられて、それまでの悩みがたちまち溶けていくのを感じた。

「よかった。……ありがとう」

自己満足だと思っていた、こちらの善意が相手にも届いていた。それが嬉しい。

温かな気持ちになり、思わず礼を言った。エルは照れ臭そうに、ふいっと視線を逸らす。

「いや、こちらこそ……」

モゴモゴ言うから、笑ってしまった。陽色も人のことは言えないが、エルもあまり、社交スキルが高い方ではないらしい。

そうだとわかったら肩の力が抜けて、聞きたかった問いも口にできた。

「これから、どうするつもり？」

国は滅亡した。リュコスの民は散り散りになり、王族の生き残りは五歳のビーだけだ。

「復讐《ふくしゅう》とか、考えてる？」

「……いや。もちろん、叶うならそうしたい気持ちはある。だが、俺一人ではどうしようもない。逃げ延びたリュコスの民を集めたとて、帝国には勝てないだろう。それに、彼らに仇《あだ》を討てと言うのも、命を賭して民を逃がした人たちを裏切ることになる」

復讐は考えていない。さりとて、これからどうすればいいかもわからない。

エル自身、途方に暮れているのだ。

無理もないと思った。幼い弟の命を、国王一家と母から預けられた。その弟は、亡国の最後の王でもある。

重すぎる任務だ。大人とか若さとか年齢は関係ない。誰だって困るに決まっている。

「行く先は決まってないんだね」

陽色がぽつりと言うと、隣で奥歯を噛みしめる音が聞こえた。

「……ああ」

「そういうことなら、しばらくこの家で休むのはどうかな。とりあえず、二人の旅の疲れが取れるまで。それか、行く当てができるまで」

「いいのか」

エルは驚いたように目を瞠った。陽色がそんな提案をするとは、思っていなかったらしい。

陽色自身、自分の言葉に驚いていた。今の今まで迷っていたからだ。

他人の人生は背負いたくない。相手が困っていることはわかっているが、一人で背負うには荷が勝ちすぎる。

助ける者と助けられる者、善意と謝意がやがて嫌気や憎悪に変わるのが怖い。

適当に水と食料をつけて、二人をどこか追っ手のかからないところまで逃がす方が、ずっと面倒がなくていい。

でも、ビーは幼いのにしっかりしていて、我慢強くて、エルも善良な人だった。

このまま突き放したら、きっとそれはそれで後悔する。この先何年も、思い出すたびにのたうち回りたくなるだろう。

一度は助けてしまったのだ。もうこうなったら、自分も腹を括《くく》るしかない。

そこまで考えて、陽色は力強くうなずいた。

「うん。ここで出て行かせちゃったら、きっと後悔するから。せめて行き先が決まるまで、いてくれた方が嬉しいな。俺の精神を安定させるために」

エルは金緑色の瞳を瞬かせ、やがてきちんとその場で正座をすると頭を下げた。

「ありがとう、ヒーロ。善意に感謝する。これからよろしく頼む」

リュコス式の作法はよくわからないが、それは恐らく、エルにとって最上級の礼なのだろう。

「薪《まき》割りでも水汲みでも、俺にできることは何でもする。遠慮なくこき使ってほしい」

改まって言われて、こちらも焦った。

「は、はい。あ、いや、そんなに構えないで、自分ちだと思って、ゆっくりしてください」

つい、敬語になってしまう。エルはそれにもまた、「ありがとう」と言い、深く頭を下げた。


こうして、エルとビーはしばらく、陽色の家で暮らすことになった。

しばらくがどれくらいなのか、陽色にも、恐らくはエルにもわからない。

面倒なことに関わってしまったかもしれない、という不安が払しょくされたわけではないが、久しぶりに他人と過ごす生活は、思った以上に陽色の気持ちを高揚させた。

エルと酒盛りをした翌日にはもう、ビーもすっかり元気になっていて、陽色は二人を退屈させないようにと、庭でバーベキューをすることにした。

家庭菜園から野菜やハーブを摘み、食糧庫の食料も惜しみなく使って、キッチンでバーベキューの下準備をする。

エルとビーにも下ごしらえを手伝ってもらった。

野生豚や山鳥、それに大陸の反対側でよく食べられている猛牛の肉を一口サイズに切り、野菜などと一緒に串打ちしていく。

ピザ生地を伸ばして、いくつかトッピングの違うピザも作った。

魔法を使わない、純粋に手作りのバーベキューと窯焼きピザは、結果としてとても美味しくできた。

ピザは何度か焼いたことがあるけれど、今回が一番美味しかった。それはきっと、共に食べる相手がいたからだ。

「お腹いっぱい。こんなにおいしいもの食べたの、初めて」

ビーが耳をぴるぴる震わせながら、繰り返し言っていた。王族が言うのだから、なかなかいい出来だったのではないだろうか。

お腹いっぱいになって、三人は食事を終えてもしばらく庭先のデッキチェアに座り、のんびり庭を眺めた。

「ここって、天国みたい」

ビーがぽつりとつぶやいた、その言葉がなぜか、陽色の耳に物悲しく響いた。

それでも楽しくバーベキューを終えた。エルとビーが喜んでくれたので、陽色も満足した。

夜になり、風呂に入って、めいめいの部屋に引っ込んだ後のことだ。

陽色はベッドに横になり、そろそろ寝ようかなと思っていた。そんな時、上の階からしくしくと、ビーの泣く声が聞こえてきたのだ。

この家は陽色が一人で暮らすために造られたので、防音などはあまり考えていない。泣き声が聞こえて初めて、防音という単語を思い出したくらいだ。

上の音が結構聞こえるんだなと気づいたが、ビーが泣いているのは気がかりだった。たった五歳なのに、彼は本当に聞き分けが良くて大人びているのだ。そんなビーが泣くなんて、よっぽどのことだろう。

陽色は足音を立てないよう、そっと一階の寝室を出て二階に上がった。

「……仕方ありません。どうしようもないんです」

なだめるエルの声が聞こえた。ううっと、ビーがしゃくりあげる。

「うん。わかってる」

「申し訳ありません」

「……ぼくも……わがまま言ってごめんなさい。……う」

嗚咽《おえつ》に混じって謝罪する声。聞いている方がつらくなる。

「ビオン様。泣いていいんですよ」

エルが言って、ビーは堰《せき》を切ったように泣き声を上げた。いったい、何があったのだろう。

二階に上がったものの、ドアをノックすることもできず、陽色はしばらく廊下に立ち尽くしていた。

どれくらい時間が経っただろう。嗚咽が聞こえなくなり、陽色は踵を返してソロソロと階段を下りた。

二階の部屋のドアが開いて、エルが一階にきたのはそれからすぐのことだ。

「下にも聞こえていたみたいだな。すまない」

エルは、陽色が廊下で立ち聞きしていたのに気づいていたようだった。

咎めるでもなく、申し訳なさそうに謝罪する。

「何か、問題があったの？」

陽色は思わず口にしていた。

「我慢強いビーが泣くんだもん。何か大変なことがあったんだよね」

もうビーもエルも他人ではない。同居人なのだ。問題があるなら共有したい。

真剣な表情でそう言うと、エルはちょっと驚いたように目を瞠り、それから気まずそうに視線を逸らせた。

「いや、個人的な事情だ。すまない。本当に大したことじゃない。大森林に荷物を捨ててきてしまったというだけのことだ」

陽色が助けた、あの時のことだ。

大熊に襲われたエルたちは、猛獣をかわすために持っていた荷物を捨ててしまったらしい。

路銀は尽きかけていたとはいえ、なけなしの荷物は二人がリュコス国から命からがら持ち出したものだった。

その中に、ビーの大切にしていた人形が入っていたのだという。

「人形？」

「我々狼族の形をした……ぬいぐるみのようなものだ。ビーが赤ん坊の頃に母が手作りしたもので、物心ついた時からビーのお気に入りだった」

「それって、ものすごく大切なやつじゃない」

赤ん坊の頃から大事にしていた人形。それも、今は亡き母親の手作りだなんて。

「ああ。だが、あの時、大熊に荷袋ごと叩きつけてしまったのだ。野生の熊は執念深いというから、荷物は無事ではないだろう。もうどうしようもないのだ」

言われてみれば、その通りだった。

あの時、大熊に襲われているエルたちを見つけた時は、陽色も必死だった。

「命が助かっただけでもありがたい。それはビーもわかっている」

苦しそうに、エルはそう言った。

荷物を取り戻すことはできない。獰猛な獣の跋扈《ばっこ》する大森林を、荷物を探すために出歩くのはリスクが高すぎる。たとえ探し出したとしても、荷物が無事だという保証もない。普通に考えれば、諦めるしかない。

それでも、理解と感情は別のものだろう。ビーのすすり泣く声を思い出し、痛ましい気持ちになる。

「可哀そうだが、耐えなければならない」

しかし、そんな陽色の感傷を振り払うように、エルははっきりした口調で言った。

エルだって、取り戻せるなら取り戻してやりたいと思っているのだ。世の中、どうにもならないこともある。

「うん。ビーが元気になるように、明日も美味しいものを作るよ」

「ありがとう。造作をかけてすまない」

小さく頭を下げ、エルは再び二階に上がっていった。陽色に事情を説明するために下りてきたのだ。

陽色は自分の部屋に戻り、ベッドに寝転がった。それから、エルたちと出会った時の状況を思い出す。

エルの言う通り、大熊に襲われていたら、無事ではすまなかっただろう。普通なら、大森林のどこかに放り出された荷物など、見つけることは不可能だ。普通なら。

でも、陽色は普通ではないチートの持ち主だ。

(探してみるか)

過去に中途半端に情をかけて、ずっと後悔し続けた。また同じように、くよくよしたくない。

明日、探しに行こう。

心に決めて、陽色は眠りについた。

翌日、昨日と同じ時間に起きてきたエルとビーと、朝食を食べた。

ビーは普段通りに振る舞おうとしていたが、やっぱり人形のことが忘れられないようだ。心なしか元気がなくて、ズボンから出た尻尾がしょんぼり垂れていた。

「今日、半日くらい出かけていいかな。森に食材を採りに行きたいんだ。ここ数日、調達に行けなかったから」

陽色は朝食の後片付けを終えると、そんなふうに二人に切り出した。

まるで日課でもあるかのように言ったのは、本当のことを言えばエルとビーが気をつかうと思ったからだ。

「森に？　危ないのではないか。……いや、愚問だったな。俺に何か、手伝えることはないか」

エルは心配そうな顔をしてから、すぐさま陽色の能力に気づいて言い直す。

「今日のところは大丈夫。まだゆっくりしてて。そのうち、エルにもビーにも、いっぱい手伝ってもらうから」

「ヒーロ、ほんとに大丈夫？　お外はいっぱいこわい動物がいるんでしょ」

魔法が使えるとわかっていても、ビーは不安げだ。陽色はビーの前にしゃがみ、大丈夫だよと微笑んだ。

「いつも行ってる場所だからね。日が暮れる前には帰ってくるよ。留守番をよろしく。この家のものは、何でも使っていいから」

努めて何でもない口調で言ったが、エルもビーもどこか心配そうだった。

本当に大丈夫なんだけどな、と内心で苦笑する。今度、エルとビーに防御の魔法をかけて森林に出かけるのもいいかもしれない。

エルがビーを連れ出すことに賛成してくれたら、の話だが。

しかし、今はともかくエルたちの荷物を探しに行く。陽色は炊いておいた米でおにぎりを握り、手早くお弁当を作った。

具は甘辛く煮た牛肉と、海の魚を塩焼きしたものだ。卵焼きを焼いて、庭で採れたイチゴも添えた。

ビーとエルの分は皿に綺麗に盛り、陽色の分は竹皮で包む。

「これは米か。不思議な食べ方をするのだな」

「黄色いの、たまご？　ぼく、たまご好き！　この赤いのはなんだろ」

エルとビーは、作り置きのお弁当に興味を示した。イチゴはリュコス人には馴染みのないものらしい。イチゴを一粒ずつビーとエルの口に放り込むと、二人は驚いたように目を見開いた。

「甘くておいしい」

「美味いな」

二人で耳を震わせて言うので、陽色はにんまりした。気に入ってくれたようだ。

陽色は自分の弁当をランチョンマットに包み、街で買った竹製の背負子《しょいこ》に入れて背負った。背負子はちょっとダサいが、なかなか使いやすいのだ。

「それじゃあ行ってきます」

敷地の柵の手前まで見送りに出てくれた、エルとビーに手を振って、陽色は出発した。

敷地の柵を越えてすぐ、手を三回叩く。するとたちまち景色が変わり、大森林の奥深くに移動した。陽色が、大熊に襲われたエルたちを助けた場所だ。

「さてと。どうやって探すかな」

陽色の魔法の発動条件は、「日本語」だ。

日本語で願いを口にすれば、基本的にはその通りのことが起こる。

この世界に来た時は、この発動条件がわからなかった。というのも、陽色は異世界に召喚された時、自然とこちらの言語を理解し話せるようになっていたからだ。

自分が日本語ではなく、異世界語を話しているのだと自覚したのは、城を追い出された後だった。

意識すると、元の世界の言葉、日本語も使い分けて口にできるようになった。こちらの世界の人にはまったく通じないから、不思議な呪文を唱えているように聞こえるらしい。

ただ、この魔法は汎用的すぎて、思い通りの結果を出すのに苦労することがある。

『水をいっぱいほしい』

と言ったら、コップ一杯分くらいの水が宙から現れて地面に落ちたり、同じ言葉を繰り返しても、ほんのわずかなアクセントの違いで大量の水が頭上に降り注いだりした。

リンゴを一つ取り出すにしても、現れたそれをどこに置くか指示しなければ、あらぬ場所に出現して食べられなくなってしまう。

言葉が曖昧になると、魔法が発動しないこともあった。

だから今、どこにあるのかわからない、もともとはどんな形状で、現状がどうなっているのかわからないものを探し当てるのは難しい。

最悪の場合、荷物は大熊の腹の中かもしれないのだ。いや、もう数日経っているから、大熊の腹を経由して、別の形で地上に産まれ落ちているかもしれない。

『エルの落とした荷物がまだ無事で、大森林のどこかにあったら、その場所まで移動する』

頑張って構文を考え口にしたが、何も起こらなかった。荷物は無事ではないということだろうか。

何度も言葉を考えては失敗した後、ようやく目当てのものの欠片を発見した。

それは、ズタズタに引き裂かれた袋の切れ端だった。やはり、エルの荷物は大熊に引き裂かれていたのだ。

同じ条件で魔法を発動し、布の切れ端や火打石、革でできた水袋などを探し当てた。

さらに根気よく、魔法を繰り返す。そこでようやく、ビーの人形とおぼしき、布と綿の塊が見つかった。

元がどんな形状をしていたのか、もはや想像もできない。ガラス製のボタンが縫い付けられた布に綿が絡んだだけのものだった。

他に人形の切れ端を探したが見つからず、陽色はそこで捜索を諦めることにした。

集中していたので気づかなかったが、ずいぶん時間が経っていた。日が傾きかけて薄暗い。

弁当を食べるのも忘れていたのだ。口実にしていた食材を採って帰るつもりだったが、これ以上、遅くなるとエルとビーが心配するだろう。

陽色は両方のかかとをコツコツ鳴らして、帰宅の呪文を唱えた。あっという間に目の前の景色が変わり、見慣れた我が家が現れる。

驚いたのは、目の前にエルとビーがいたからだ。

二人も驚いていたが、陽色を見るなり、わっと駆け寄ってきた。

「ヒーロ！」

「無事だったか！　怪我はないか」

「えっ、あ、何ともない、けど」

どうやら心配させたらしいと、二人の様子を見て気づいた。ビーに至っては、「よかったぁ」と涙ぐんでいる。

「日が暮れかけても帰ってこないから、何かあったのかと心配したんだ」

「ごめん。つい、夢中になっちゃって」

そんなに心配していたとは思わなかった。謝りつつ、背負子を下ろして地面に置いた。何も考えていない、無意識の行動だった。

エルとビーの視線が自然と、目の前に下ろされた背負子の中に注がれる。そこでようやく、陽色はまずいことをしたと気がついた。

背負子に入っているのは、回収した荷物だけだ。口実にしていた食材は、時間がなくて採ってこれなかった。

「これは……」

エルは中にあるものが何か、すぐに理解したようだ。陽色が口実を使って探索に行ったことまで、気がついたらしい。表情がみるみる険を帯びた。

「もしかして、俺たちの荷物を探しに行っていたのか。昨日の話を聞いて？」

抑揚のない声でつぶやく。静かなのに怖い。陽色は焦ってヘラヘラ笑った。

「いやさ、俺の魔法なら、別に不可能じゃないかなって思って。大事な荷物らしいし。って言っても、ぜんぶは回収できなかったんだけどね」

ははっ、と馬鹿みたいに笑ってから、失敗したと気づいた。滑った。

エルは何かを堪《こら》えるように、拳をぐっと強く握った。

「笑い事じゃない。我々がどれだけ心配したと思ってる！」

責める口調で言われて、陽色もムッとしてしまった。バツが悪かっただけに、余計に。

「けど、大事だって言うから」

「俺は頼んでいない」

「そ……そんな言い方ないだろ」

エルたちのために探しに行ったのだ。確かに、回収できたのはほんのわずかで、肝心の人形は綿とボロ切れになっていた。でも、陽色の魔法を使えば何とかできるのに。

喜んでくれると思っていた。確かに心配をかけたけど、そんなに怒らなくてもいいのに。

エルの剣幕が怖くて泣きそうになり、そんな自分が悔しくて、ついつい意固地になった。

頭に血が上っていたのだ。何か言い返してやりたくて、言葉を探した。

足元で、ひくっと嗚咽が聞こえなければ、嫌なことを口にしていたかもしれない。

「ごめ……なさ、い」

小さなつぶやきに、陽色もエルもハッとした。視線を落とすと、ビーがぶるぶる震えながら、必死に嗚咽を飲み込んでいるところだった。

「……ヒーロ、おにんぎょうさがしてくれたの？　ぼく、わがまま言ったから……あ、あぶないめにあわせて、ご、ごめ……」

次の瞬間、大きな真ん丸の目から、ぶわっと涙が溢れた。

「ご……ひっ……ごめ」

ごめんなさい、と繰り返そうとして、また嗚咽が漏れる。ビーは泣いてはいけないと思っているのか、両手で口をぎゅっと押さえ、漏れ出る嗚咽をせき止めようとしていた。

陽色が危険な大森林に行ったのも、そのことでエルと喧嘩しているのも、ビーはすべて自分のせいだと責めている。

震える小さな身体を見て、頭が冷えた。同時に、自分の軽率さを後悔した。

「違う。違うよ、ビー！」

陽色はその場にしゃがみ込み、ビーの身体を抱きしめた。

「俺が勝手にやったんだ。二人が喜んでくれると思って。謝るのは俺の方だよ。ごめんね。俺が軽率だったんだ。こんなに心配かけるなんて思わなかった。本当にごめん！」

陽色の迂闊《うかつ》な行動のせいでビーが自分を責めるなんて、あってはならないことだ。自分のせいだなんて思わないでほしい。その一心で、必死で言い募った。

「う、ぇ……」

小さな子の身体を強く抱きしめる。やがて耳もとで、こらえきれないか細い声が漏れた。

たちまち、堰を切ったように涙が溢れ、ビーはわあわあと泣き出した。

「しんぱいしたよぉ」

「うん。ごめん。ごめんね」

何度も、心から謝った。ビーも泣きながら、陽色に取りすがった。

「エルも。ごめん」

陽色は顔を上げ、傍らにたたずむエルに謝罪した。謝られるとは思っていなかったのか、エルはびくっと肩を震わせる。

「いや……俺も、言いすぎた」

すまない、と、言いにくそうに、小さくつぶやくのが聞こえた。陽色はそれにちょっと笑い、ビーを抱き上げる。

「謝りついでに、その籠を中まで運んでもらっていいかな。試したいことがあるんだ」

エルは釈然としない顔をしていたが、それでも黙って背負子を拾い、陽色に続いた。

家の中に入ると、陽色は居間のソファテーブルに、人形の端切れを並べ、森の中で考えていた、日本語の構文を唱える。

成功するかどうかわからないが、とにかくやってみたかった。

「ビー。これは、君のお人形の破片なんだ。うまく元に戻るかどうかわからないけど、元の姿を思い浮かべながらこれに触れて、直りますようにって、お願いしてみてくれる?」

陽色が言うと、まだ涙目のビーは恐る恐るテーブルに近づき、無惨に壊れた綿と布の切れ端を、そおっと撫でた。

「ぼくのおにんぎょう、なおりますように。ははうえがつくってくれたの。おねがいだから、もとにもどってください」

ビーは必死に、切れ端に話しかけた。何度も布と綿を撫でる。すると、ただのぼろ切れだったそれは、たちまち人形の姿になった。

犬のような……でもたぶん、ビーを模したのだろう、ちょっといびつで不格好な人形。

「あ――ああっ！」

ビーが興奮した声を上げた。大きな目をもっと大きく見開いて、エルと陽色を見る。その表情を見るに、どうやら成功したらしい。

「どうかな。ちゃんと元通りになってる？　手に取って確認してみて」

促すと、ビーはまたそおっと人形に触れた。表面を撫で、壊れてしまわないか心配するように、恐る恐る両手で持つ。前と後ろを確認し、尻尾をめくってみたりしてから、まじまじと人形の顔を見つめる。

かと思うと、ぎゅっと強くそれを抱きしめた。

「……なおってる。おしっぽのところも。ぼくが前にやぶいて、母上がつくろってくれたの。……ぼくのビービー」

ビービーというのが、人形の名前らしい。ぽろぽろと涙をこぼすのを見て、陽色ももらい泣きしてしまった。

「エル、見て。ちゃんともとに戻ってるよ！」

「本当だ。本当に、元のままですね。よかった」

エルも目を潤ませていた。ビーが掲げて見せる人形を膝を折って眺め、それから陽色に向き直って静かに頭を下げる。

「ありがとう、ヒーロ。感謝する」

「ヒーロ、ありがとう！」

「ううん。どういたしまして。成功してよかった」

心配をかけてしまったが、諦めなくてよかった。喜ぶ二人の姿に、陽色はホッと安堵を覚えるのだった。


「……抱いて寝てる」

エルが声をひそめて言い、陽色がそっと部屋の中を覗くと、ビーは人形を抱きしめてスースーと可愛い寝息を立てていた。

エルと顔を見合わせて、笑い合う。音を立てないようにドアを閉め、一階に下りた。

居間からキッチンへ移動する。エルもついてきた。

ビーが寝た後で、また大人二人の飲み会をしないかと、陽色が持ち掛けたのだ。

「昨日は、人形のことを考えて眠れないみたいだったんだ。夜中に起きて、しばらく泣いていた。陽色のおかげだ。ありがとう」

「それはもういいってば。俺が勝手にやったんだし」

本当に自己満足だった。改めてエルに謝らなくては、と思う。飲まないかと一階に誘ったのも、二人の時間が欲しかったからだ。

キッチンに来たところで振り返ると、エルが突然、がばっと頭を下げた。

「すまなかった。お前は命がけで我々の荷物を探しに出てくれたのに、俺はひどいことを言ってしまった」

先に謝られてしまった。陽色も同じように頭を下げた。

「俺も、ごめん！　勝手だったと思う」

冷静になって考えて、エルやビーがどれほど心配したか、そして自分の行動の無責任さに気がついた。

陽色のチート能力がどれほど万能かなんて、彼らは知らない。陽色が言葉で、「大丈夫」なんて言っても、その言葉の信憑性は、昨日今日出会った彼らにはわからないのだ。

それに、いくらチートがあったとしても、陽色が大森林で命を落とす可能性はゼロではない。

そうした事態に陥った時、エルとビーは危険極まりない大森林の真ん中、文字通り陸の孤島に取り残されることになる。

脱出するのは命がけだ。食料はあるけど、無限ではない。そういう、極限状態に彼らを置く危険性があった。

自分の能力を過信していた。慢心だった。今さらながら気がついて、冷や汗が出た。

「心配かけて悪かった。でもそれ以上に、エルとビーが森の中のこの家に閉じ込められたらって考えたら、すごく怖くなった。本当にごめん」

「……そんな心配をしていたのか」

呆れた口調だったが、その表情はどこか可哀想な子供を気の毒がるような、慈愛と憐憫を含んでいた。

それから不意に伸びてきた手が、陽色の頭をくしゃりと撫でる。エルの手は大きくて温かくて、ドキッとした。

「子供じゃないんだけど」

急に照れ臭くなり、陽色は彼の手から逃れる。エルは微笑んで、優しい眼差しを向けた。

「わかっているさ。ありがとう、陽色。だがもう、無茶はしないでくれ。俺たちももう、近しい者の命の心配をしたくないんだ」

そう言った瞳の奥に悲しみがあって、陽色は胸をつかれた。

同時に、エルたちが心から自分の身を案じてくれていたのがわかって、嬉しかった。帰りを待って、心配してくれる人たち。

陽色がこの世界に来て失って、もう手に入らないと思っていたものだ。

「うん。もう、二人に黙って無茶をしない。心配かけない」

まだ出会って間もないし、互いのこともよく知らないけれど、エルたちと自分は、信頼が築かれつつある。その信頼を裏切りたくない。

「お酒、飲もう」

エルがいつまでも優しい目で見るから、陽色は照れ臭くなって、くるりとキッチンへ向き直った。

「今日は果実酒でいい？　うちで漬けたやつがあるんだ。甘いお酒は苦手かな」

「酒は何でも好きだ」

彼らしい答えに、陽色は笑った。食料棚の奥から、果実酒の瓶をいくつか持ってくる。これらも暇にあかせて作ったが、陽色はそれほど酒を飲まないので溜まる一方だった。

リンゴ酒にイチゴ酒、梅酒を並べて振る舞うと、エルは耳を震わせて喜んだ。冷たい水と氷で割って飲む。

彼が美味そうに飲むので、陽色もつい、酒が進んでしまった。

飲みながら、いろいろな話をした。リュコスでは葡萄の栽培が盛んで、葡萄酒の名産地だったとか、平和な時代は葡萄酒の酒飲み大会があったのだとか。

陽色も自分の話を少しだけした。この土地に落ち着く前は、あちこち放浪の旅をしていて、各地の料理に詳しくなったこととか。

一度、言い争って仲直りしたおかげか、先日の酒盛りの時よりもっと、エルとの距離が近くなった気がする。

でも、気持ちが緩んだせいで酒を飲みすぎてしまい、最後は酔っ払ってべろべろになってしまった。

「エルは堅いよね。武士って感じ」

「国でもよく言われた。お前は面白味がないと。剣を振るうばかりだったから、嫁の来手もなくてな。おかげでこの年まで独り身だ」

エルは陽色の倍は飲んでいたが、顔色は変わらなかった。しかし、こんな私的な話題を口にするくらいだから、少しは酔っていたのだろう。

「それは女の人の見る目がないね。こんなにかっこいいのにさ。包容力があるし。俺が女だったら、すぐ抱いてって言うね。いや、女じゃなくても言うね！」

本当に酔っていた。エルが二重に見えたが、酔っていることにも気づかず、ゴロンとカーペットに横たわる。

えへへ、と意味もなく笑う陽色に、エルが一瞬、鼻白むのが見えた。

「……そういうことは、二人きりの場で言わない方がいい。誘っているのかと誤解を受ける」

「男同士なのに？」

「男同士でも。相手が勘違いして、襲われたら困るだろう」

エルらしい、生真面目な返答がおかしくて、ふひひ、と変な笑いが漏れた。

「エルは本当にいい人だな。責任感が強い。でも大変だろ」

「……ああ。それもよく言われた。重苦しいと」

声が沈んで聞こえたので、陽色は「違うよ」と、勢いよく起き上がった。エルがびっくりしている。

「大変そうっていうのは、エル自身が苦労してるんじゃないかってこと。ここまで来るのだって、ビーを守って頑張って来ただろ？　他に頼れる人もいなくて、大人はエル一人きりで。それって、すごい重責だったと思うんだ」

ずっと胸にしまっていたことが、酒のせいでつらつらと口をついて出た。

エルはしばらく驚いた顔のままだったが、陽色の言葉を聞くうちにふっと笑った。

「お前は時々、思いもよらないことをしたり言ったりするな」

「えっ、そうかな。でも実際、大変だっただろ。ビーもあんなに小さいのに我慢強くてえらいけど、エルもすごくすごいと思う。いっぱい頑張ったから、ここでゆっくりしてほしい」

酔っ払いなので、語彙《ごい》が乏しい。しかし、陽色の気持ちは何となく伝わったのかもしれない。

エルの顔が、泣く寸前のように歪んだ。けれど彼は泣きはせず、口元は笑いの形に変わる。

「ああ……そうだな。大変だった」

ぽつりとつぶやく声に、彼の旅の苦労が滲《にじ》んでいた。

それを聞いていたら、陽色も泣きたくなった。でも、当事者ではない自分が泣くのは偽善のようだし、泣き顔も見られたくない。

だから目を瞬かせてごまかし、おどけて見せた。

「うん。だから今は休んで。ほら、膝枕してあげる」

横座りして、ぽんぽん、と自分の膝を叩くと、エルは「は？」と、不可解そうな顔をした。

「膝？」

「枕。リュコスにはそういうの、ないかな。ちょっとここに寝て。いいから、いいから。それでもって、頭はここ」

陽色は強引に指示し、自分の前に寝転ばせた。エルは当惑しながらも言う通りにしてくれて、陽色の膝の上に頭を乗せて寝転ぶ。

思う通りの格好になったので、陽色は満足した。

「エル、お疲れ様」

疲れが癒されますように、と心の中で思いながら、エルの涼やかな額を撫でた。

エルは陽色を見上げていたが、やがて静かに目を閉じた。

「気持ちがいいな」

陽色が額や髪を撫でるたび、ぴるるっと彼の耳が気持ちよさそうに震える。耳には銀色の産毛が生えていて柔らかい。

「エルの耳、可愛くて気持ちいい。癒やされるなあ」

執拗《しつよう》にぷにぷにと触っていたら、苦笑まじりのため息をつかれた。

「酔っ払いめ」

軽く目を細め、冗談交じりに睨むその表情にドキッとした……ことは覚えているのだけれど、それから自分が何をどうしたのかは、よく覚えていない。

翌朝、目を覚ました時には、陽色は自分の部屋のベッドに寝ていた。


陽色はエルに強引に膝枕をした後、突然、寝落ちしたらしい。エルが陽色を抱え、ベッドまで運んでくれたそうだ。

翌日、素面に戻ってその話を聞いた陽色は、いたたまれず真っ赤になった。

実は後半、陽色は酔って朦朧《もうろう》としており、記憶も曖昧だ。寝落ちするまでのことを、ぼんやり覚えてはいるのだが、夢だったような気もする。夢であってほしい。

「なかなか可愛かったぞ」

前日にいじくり回された意趣返しか、エルはニヤニヤ人の悪い笑みを浮かべてそう言っていた。真面目なくせに、そんな顔もできるのだ。

陽色が見てきたエルの表情は、むっつりした厳めしいものばかりだったから、ちょっとドキッとしてしまった。

「お酒、いいなあ。ぼくも、のみたい」

エルと陽色がわちゃわちゃ言い合っていると、ビーが子供用の椅子の上で朝食のパンケーキを食べながら、羨ましそうにぼやいた。

お酒が飲みたいというより、大人二人が楽しそうにしているから、仲間に入りたいのだろう。

当然の反応だけど、今までのビーだったら、遠慮して口にしなかったに違いない。

ビーの背中と椅子の背もたれの間に、ビービーが挟まっている。

昨日、陽色が人形を再生した時から片時も離さないのだが、今朝、ビービーを抱いて起きてきたビーの顔は、ずいぶんとすっきりして明るく見えた。

それまでの、気の毒なくらい遠慮がちだった様子も消えて、年相応に近づいた気がする。

魔法をかけた料理のおかげで、身体もすっかり元気になった。

心身に余裕ができてくると、ただ食べて寝るだけの生活は少し、退屈になってくる。

これは、陽色の経験による推測だ。極限状態では、食べて寝るところがあるだけでも、涙が出るくらいありがたいのだけど、衣食住が足りてくると今度は、本を読みたいなとか、遊びたいなという気持ちが出てくるものだ。

あまり家にこもりきりなのもよくないし、今日は三人で何かしたいな、と思った。何がいいだろう。

考えながら、魔法をかけたレモン水を飲んで二日酔いを治す。エルは平気そうだが、彼にも魔法のレモン水をあげた。

「あのさ。二人とも元気になったたし、家の中でじっとしてるのは退屈だろ。今日は外に出かけてみないか？」

朝食を食べ終えたところで、そんな提案をしてみた。エルとビーは戸惑ったように顔を見合わせる。

「出かけるというのは……森へ、ということか？」

エルが言い、ビーは不安そうにビービーを抱きしめた。

「え、ああ、森でもいいけど、二人は不安だろ。どこでもいいんだ。俺が一度行った場所なら、どこでも行けるから。ちょっと待ってて」

陽色は自分の部屋へ行き、地図を持って戻ると、食卓に広げた。

「世界地図。赤い線で囲ってあるのが、俺が行ったことのある場所。ちなみに、現在地はここ」

市販の地図を元に、魔法を使って書き足した。かなり精巧なはずだ。

エルは一目見るなり「すごいな」と感嘆し、ビーは興味深そうに地図を覗き込んだ。

「俺が行ったことのある場所なら、どこでも一瞬で行ける。どこか景色のいい場所にお弁当を持って遊びに行くのでもいいし、街に買い物に行くのもいい。変装の魔法も使えるから。……何て言うか、元気になったのに家に引きこもったままだと、精神的につらいんじゃないかと思って。もちろん、そんな気にならなかったら、出かけなくてもいいんだ。庭で遊んでもいいし」

後半は言い訳じみた言葉になってしまった。途中で、また独りよがりなのではと気づいたからだ。

こちらが良かれと思っていても、相手が喜ぶとは限らない。昨日のことで気をつけようと思っていたのに、エルとビーの喜ぶ顔が見たくてつい、先走ってしまう。

「あの、本当にほんの思い付きだから」

なおも言い訳をすると、エルは柔らかく微笑んだ。

「ありがとう、陽色。ビー、どこか行きたいところはありますか？　それとも、陽色の言う通り庭で遊びましょうか」

陽色の内心の葛藤を、汲み取ってくれたらしい。ビーに優しく問いかける。ビーは夢中になって地図を眺めていたが、「お出かけしたい！」と、弾かれたように顔を上げた。

「ぼく、できたらお買い物をしてみたい。でも、場所はよくわからないから、エルが決めて」

宝石みたいに目がキラキラ輝いている。エルも目を細めてうなずいた。

「わかりました。ヒーロ、魔法で変装を施してもらえるということだが、具体的にはどの程度のものだろう」

「どの程度にも変えられるよ。たとえば二人を人族の兄弟に変えることも、元通りにすることも。俺をエルみたいな獣人族にすることもできる。年寄りでもおじさんでも、若い娘でもね。もちろん、声も変えられる」

エルは目を瞠り、「すごいな」とつぶやいた。それから地図に目を落とす。

「できれば、この街に行きたい」

迷った様子もなく、最初から考えていたようだった。

「ここって……俺たちが出会った街？」

酒場でエルと出会い、路地でバターロールを渡した、大森林と隣接する街だ。

「あちこち放浪したが、あの街に一番長くいた。俺もだが、お前も土地勘がある。……それにリュコスから遠い。お前の魔法なら変装は完璧だろうが、帝国軍が大勢いる場所は気が休まらないからな」

「なるほど。あそこなら治安もいいし、物資も豊富だ。買い物にはうってつけかもね」

行き先が決まった。さっそく、魔法を使って三人とも変身してみた。

エルとビーを人族にして、なおかつ三人兄弟に見えるよう、顔立ちを変えてみる。

陽色とエルを混ぜた顔立ち、というざっくりしたオーダーを試してみたところ、意外とうまくいった。

街の人たちが着ている普段着を三人お揃いで作り出し、さらに安全対策のための様々な魔法をかける。

はぐれない魔法と、迷子にならない魔法、攻撃を受けても無傷でいられる魔法、などなど。

最後に、エルの大剣を腰のベルトに下げられるくらい小さくして見せたら、エルが泣きそうな顔になったのでびっくりした。

「ああっ、ごめんなさい！　でも、大丈夫だから！　これ、エルが巾着を開けて取り出したら、元の大きさに戻るから」

そんなエルの顔を見たのは初めてだったので、陽色は慌てて説明した。実際に取り出してみてもらい、元に戻ったのを確認させる。巾着に入れるとまた小さくなった。

エルは何度か出し入れし、元に戻った大剣をためつすがめつして、ようやく納得したようだった。

「すまなかった。我が身のような存在だったのでつい、焦ってしまった」

澄ました顔に戻って言うが、耳がぺったり寝たままだった。

「こっちこそごめん。事前にもっとちゃんと説明するべきだった。今度から気をつけるね」

そんなやり取りはあったが、準備は完了した。買い物のためのお金も持った。いつも行商しているから、わりと現金資産が豊富なのだ。

家の外に出て、魔法で移動するために三人で手を繋ぐ。ビーと手を繋ぐ時は何とも思わなかったのに、エルが差し出した大きな手を握った時、何だかドキドキそわそわした。

きっと、三人で出かけるのが楽しみだからだろう。

自分の感情にそんな説明をつけて、陽色は魔法の呪文を口にした。


街は以前来た時と、さほど変わった様子はなかった。ほどよく活気があって、比較的治安もいい。

エルとビーも少しの間この街で過ごしたので、まったく見知らぬ土地ではないはずだが、到着してしばらくは緊張していた。

自分たちの変装が、本当に上手くいっているのか、不安だったのだろう。

しかし、陽色が通りの屋台で三人分の串焼きを買った時、

「父ちゃんと弟と買い物かい？　仲いいね」

屋台の店主からそんなことを言われ、変装については問題ないと安心したようだ。

「俺が……父……」

ただしエルは、違うことでショックを受けていたが。

「ま、まあ。俺が特別、幼く見えたのかもしれないしさ」

たぶん、陽色が童顔で、エルが老け顔だから親子に見えたのだろう。ビーは笑っていた。

そんなことがあって、エルもビーも緊張が解けたようだ。特にビーは、串焼きを頬張りながらも、期待と興奮に満ちた目で街の景色を見回していた。

「ビーも買い物してみる？　何か欲しいものを探してみなよ」

陽色が声をかけると、目を輝かせた。変装して人間の耳なのに、ぴくぴく動いている。尻尾が見えたらきっと、わさわさ動いていたことだろう。

「いいの？　ぼ、ぼく、買い物したことなくて」

まだ幼いし、少し前まで王子様だったのだ。街に出たこともなかっただろう。

「お小遣いを渡すから、それで買える範囲で買い物してみたらどうかと思うんだけど」

判断を仰ぐようにエルを見る。しっかりうなずいてくれたので、陽色は家を出る前に用意しておいた財布をエルに渡した。

「じゃあ、はいこれ。エルの分の財布。小さい子にいくら渡すのがいいのか、俺はわからないから。あと、俺が財布持ってて、兄が持ってないのも不自然だろ。エルも買い物する時は、これを使って」

街に来れば、何か欲しいものも出てくるだろう。その時にいちいち陽色に頼むのは、気が引けるに違いない。そう思ってあらかじめ、エル用の財布を作っておいたのだった。

そういう陽色の気づかいに、エルも気づいたはずだ。渡された財布をじっと見つめた後、静かに目を伏せた。

「……ありがとう」

彼の矜持を傷つけただろうかと心配になったが、エルは口元をほころばせた。

「すぐにビーに小遣いを渡したいところだが、俺もこの街の物価をよく知らないんだ。そういうわけでビー、これから一緒に、欲しいものを見て回りましょう。持っているお金と、街で売っているものを比べて、買うものを選ぶんです。やってみませんか？」

エルの提案に、ビーも嬉しそうにうなずいた。

それから三人は、まず店を一通り見て回った。屋台の他に、食料品店から衣料品の店、薬屋に本屋、武器屋、怪しい占いの店なんていうのもあった。

屋台でビーが選んだ果実を搾った飲み物を買った後、おおよその物価を把握したエルは、ビーに小遣いを渡した。ビーはそれで、露店で売っていた木彫りの小さな犬と、衣料品店でハンカチを三枚、買った。買ったばかりのハンカチを、エルと陽色に差し出す。

「あの、これ。エルとヒーロに。ぼくとおそろい」

お小遣いでプレゼントを買ってくれたのだ。陽色は感激した。もっと自分で欲しいものもあっただろうに。

「ありがとう、ビー。大切にするね」

帰ったらすぐ、永久保存の魔法をかけよう。エルはといえば、さらに感激していた。

「ビーが……初めてのお小遣いで……。ありがとうございます」

変装で見えないはずの耳と尻尾が、ぴるぴる震えて見えた気がした。

三人はさらに、街をあちこち歩き回った。陽色にとっても楽しかったが、特にビーとエルは、いつまでも街を歩いていたいようだった。

二人にとっては、本当に久しぶりの自由な時間なのだ。

「ビー、疲れたでしょう。もう帰りましょうか」

幼いビーはさすがに、途中から疲労の色が見え始めた。エルがそっと促したが、ビーはまだ帰りたくないようだった。

「うん……」

「もうちょっと先に行ってみる？　そしたら今日は帰ろう。それで、また来ようよ」

陽色は提案した。二人が同時にこちらを見る。

「また？　また来れるの？」

ビーの顔に期待が上っていた。エルは「いいのか？」という顔だ。

「俺はもちろん構わないよ。買い物も三人で行くと楽しいもん」

一人も気楽でいいが、三人でわいわい買い物をするのも楽しい。そのことを今日、改めて感じた。

これが最初で最後ではないとわかって、ビーはホッとしたらしい。

「ほんとは、足がちょっといたかったの」

素直に打ち明けた。エルがビーを抱き上げ、最後にほんの少しだけ、街を回った。

落ち着いて辺りを見ると、以前よりも獣人の姿が増えた気がする。

細い路地に差し掛かり、三人で何気なくその奥を覗いた時、そこに何人もの獣人が座り込んでいるのが見えた。

ある人はうなだれ、ある人はぼんやりと宙を見つめている。痩せた子供の姿もあった。

「あの人たち……」

ビーも気づいたのだろう。エルの腕の中で、ぽつりとつぶやいた。

でも、それ以上の言葉は口にしなかった。

あの人たちは、リュコス人だ。戦で家を失い、国を追われた人たち。

陽色は知っていたし、エルももちろん、気づいていただろう。わかっていて、三人は黙っていた。

口をつぐむ以外、どうすることもできなかったのだ。

楽しい買い物の余韻の中に、苦い思いがぽつりと落ちた。

この先、どうすればいいのか。

陽色は、エルとビーと三人で暮らすのも悪くないと思った。まだ短い時間だけど、彼らと暮らす生活は煩わしいどころか、孤独に乾いた陽色の心を潤し、癒してくれた。

このままこの森の家で、いつまでも三人でいられたら幸せだ。

同時に、それが儚《はかな》い夢であることも、陽色は理解していた。

街に買い物に出た日、ビーもエルも喜んでくれて、帰ってからも楽しそうにしていた。

でも二人の心には、最後に見たリュコス人たちの姿が刻まれているに違いない。

エルはもちろん、ビーは幼くても聡明な子だ。安全な場所で暮らし、衣食に困らない自分たちと、路上に座り込む彼らの姿とを見比べて、何も感じなかったはずはない。

それでも二人は何も言わず、陽色の好意に感謝してくれたし、楽しそうにしていた。

陽色も同じだ。表向きは何も気づかない振りをして、三人の時間を楽しんだ。

「陽色。少しいいか」

街に出かけて数日後の夜、ビーが寝た後、エルに改まった口調で声をかけられた。

その時の陽色は、不安そうな顔をしていたらしい。エルはすぐに表情を和らげ、少し困った微笑みを浮かべると、そばに立つ陽色の髪をくしゃりと撫でた。

「そんな顔をしないでくれ」

その手が大きくて優しくて、陽色はきゅうっと胸が痛くなった。エルに思いきり甘えたいような、切ない感情が湧き上がる。

きっと、今までずっと孤独だったからだろう。思いがけず気の合う相手と暮らすようになって、だからこんなふうに恋しい気持ちになるのだ。

「お酒、飲みながらでいい？」

陽色が言うと、エルも「ああ、頼む」とうなずいた。

二人で居間のソファに移動する。夜の酒盛りも、すっかり日常になった。

陽色が酔っ払いすぎて何かやらかしてから、深酒しようとするとやんわり止められるのだが、肴をつまみながら酒を呑み、他愛ない会話を交わす時間はいつだって楽しい。

でも今夜は、少し緊張していた。つまみを作る時間はなさそうなので、果実酒の瓶とコップだけ運んだ。

「陽色に頼みがあるんだ」

酒をコップに注いで渡したが、エルは軽く一口飲むなり、そう切り出した。

「陽色には世話になりっぱなしだ。この上、まだ頼みごとをするのは心苦しいのだが」

「どんなこと？　言ってみて」

きっと、今後の身の振り方に関わることだろうと思っていた。あるいは、そろそろ出て行きたいと言うのかもしれない。

どんなことでも、陽色が反対することはできなかった。そんな権利はない。

たとえ自分の意にそぐわぬことでも、できる限り叶えてあげたい。

陽色は覚悟をもって、相手を見つめた。エルはそんな陽色を、目を細めて見つめ返す。

「もう一度、先日の街に出かけたいんだ。できれば俺だけで」

それを聞いた途端、陽色は脱力した。なんだ、そんなことか、とホッとする。

しかしすぐ、気を引き締めた。エルがこうして改まって言うほどだ。ただ買い物に行くわけではないだろう。

「何しに行くのかって、聞いてもいい？」

「情報収集に行きたい。先日、街でリュコス人らしき獣人たちを見かけた。彼らのことが頭から離れないんだ」

「うん……俺も」

エルとビーの同胞が、国を追われて路上での生活を強いられている。心が痛かった。

陽色でさえそうなのだから、エルやビーはもっと心を痛めているはずだ。そのことはわかっていた。

「国が滅び、大勢のリュコスの民が散り散りになった。彼らの現状をもっと知りたい。知ったからといって、今の俺にできることはないかもしれないが、それでもここで、自分だけが平和な暮らしをするのは気が咎めるのだ」

申し訳なさそうに言うから、陽色はわかっている、というようにうなずいた。

「それに、ずっと気になっていたこともあろ」

「気になってたこと？」

「ああ。今まではビオン様を安全な場所に逃がすのに必死で、考える余裕がなかった。ただ、今になってどうにも気になることがあるんだ」

エルはそこで言葉を切り、考えるそぶりを見せた。

「まず、リュコスにある伝説の話からしなければならないな」

「伝説？」

「ああ。リュコスで古くから語り継がれている話だ。この世の果てには理想郷があって、そこに行けばみんな幸せに暮らせるのだという」

陽色のいた世界でも、似たような話はあった。

「理想郷がどこにあるのかわからない。南か北か、海の向こうか。伝説は伝説だ。ただ、リュコス全土に古くから根付いていて、国教であるリュコス教会の教えにも出てくるんだ。この伝承が国を失った人々の心の支えになってもおかしくはない」

「リュコスの人たちが、その理想郷を探して逃げてるってこと？」

「本気で信じているかどうかはわからないが、先導者がいて、ある程度まとまった数のリュコス人がそこへ向かっているかもしれない、という話だ」

話だけ聞いていると、希望的観測に過ぎる気がする。そもそも理想郷は、どこにあるのかわ

異世界チートで転移して、訳あり獣人と森暮らし

『番外編ショートストーリー』

著：小中大豆
画：ciel

陽色はその日のことを、たぶん一生、鮮明に覚えていると思う。

そうした陽色のロマンチストぶりを笑う者がいるとすれば、その人は本当に好きな相手と肌を合わせたことがないのだ。

初めてエルに抱かれて、その幸福を知って、陽色はそう思うようになった。

大森林の家で両想いになってから、エルと身体を重ねるまでずいぶん時間が空いた。

リュコスの人々と逃げている間は、生きるか死ぬかの瀬戸際だったし、島に着いてからはやることが目白押しで、二人でゆっくり……なんて状況ではなかった。

村づくりが一段落した頃、スピロが過労で倒れた。

国を出てからずっと、みんなを引っ張って頑張ってきたのだ。遅かれ早かれ、体調を崩すのは必然だった。

でもこの頃から、村の人たちの中に、スピロに頼るばかりではない、自分たちで生活を改善しようという意識が強くなったと思う。

エルも持ち前の統率力を発揮して、頭脳派で宰相タイプのテーロスと共に、スピロの穴を埋めて村の開拓を進めた。

陽色ももちろん、裏でチート魔法を使って村づくりを助け、おかげで村人の家々や各施設は、目を瞠るスピードで完成した。

陽色たち三人も、村の外れに自分たちの家を建てた。造りはだいたい他の村人の家と同じだが、水洗トイレと風呂場があって、なかなか快適である。

スピロの体調も順調に回復し、村に建てた礼拝所に毎日、人が礼拝に訪れるくらいに生活に余裕が出てきた頃のこと。

「数日、休みを取ろうと思うんだが」

夕食時、エルがそんなことを言い出した。

「休みって、警備隊を？　みんなが困らないなら、いいと思うよ。エルもずっと動きづめ

（そんなこと考えてるの、俺だけかな。俺がやらしいのかな。いやでも、エルだってしたいって言ってたし）

チート魔法でローションを作っておくべきだろうか、などと真剣に考えたりもした。

そして休暇当日、陽色たちは村の自宅から、懐かしい大森林の家へとワープした。

目の前に見慣れたログハウスが現れた時、陽色は懐かしさにちょっと泣きそうになった。

大森林の家は、陽色たちが出て行ったあの日のままだった。

「あ、すなば！　ねえ、すなばもそのままだよ。ピザをやくところも！」

ビーがはしゃいで、ダッと駆け出した。

「うん。ほんとだ。まだ一年も経ってないのに、すごく懐かしいな」

家の中も、何も変わっていなかった。三人分のスリッパが、あの日、脱ぎ捨てたままの恰好で床に落ちている。

陽色はそれを拾って、持参した魔法の鞄に納めた。

三人は、持っていくものと残していくものを選別した。ほとんどのものは、残していくことにした。

それが終わると、庭に出てみんなで砂遊びをした。トンネルを作って泥だらけになり、お腹が減ったら庭でバーベキューをする。

「カリトンたち、今、何してるかなあ」

串に刺した肉を、おいしいと言って喜んで食べていたビーが、ふと村のことを思い出したようで、友達の名前を口にした。

「きっとみんなで遊んでいるでしょう。警備隊の連中も、俺がいなくなって羽を伸ばしているかな」

「スピロさんとテーロスさんは、俺たちが無事に帰ってくるか、そわそわしてるかもね。二人とも意外と、心配性だから」

三人がそれぞれ、村に思いを馳せる。

大森林の家のほうがずっと便利でのんびりできるのに、村のことを考えてしまう。

そこで陽色は気がついた。自分にとって、エルやビーにとっても、もうあの村が帰る場所なのだ。

からないという話ではないか。

だが単なる伝承というだけでなく、エルには何か確証があるようだった。

「まだ城に籠城する前、帝国軍との防衛線の最中に、家臣の一人がそういう話をしていたんだ」

帝国軍の追ってこない最果てに逃げ、国をつくるのはどうか。

会議の場ではなく、食事の最中に何気なく出た話だった。戦局が悪化する中、少しでも明るい話をしようと思いついたのかもしれない。

エルたちはしばらく、最果ての国づくりについて話し合った。

「その話をした家臣……スピロ殿はもとは僧侶なんだ。リュコスの国教、リュコス教会を束ねる役職についていた。彼はそれから少しして、城に残っていた人々を逃がすために、彼らと共に王都を出た」

モーゼのエジプト脱出ではないが、集団をまとめて避難させるために、信仰心は有用だった。スピロと教会の僧侶たちは、わずかな兵士を率いて、民間人を護衛しながら王都を出なければならなかった。

「別れ際、スピロ殿はまた、あの理想郷の話をされた。理想郷はどこにあると思うか、と俺に聞かれたのだ」

どこにあるのかわからない。エルが戸惑いながらそう答えると、スピロという壮年の僧侶は、

『私は南にあると思う』

そう言った。彼との会話はそこで終わった。脱出を急がねばならず、ゆっくり話をしている暇などなかったのだ。

「スピロ殿が脱出してすぐ、俺はビオン様を逃がす役を任され、二人で国を出た。途中、大勢のリュコス人たちが南に向かっているという話を聞いた。それで、スピロ殿の言っていたことを思い出したのだ。彼はリュコスの民を率いて南に逃げたのだと」

エルとビーはそこで、彼らとは違う方向へ逃げた。

王族の一人が逃げたことを、いずれ帝国に気づかれるかもしれない。そうなった時、自分たちが行動を共にしていたら、多くの避難民を巻き込むことになる。

それでエルとビーは二人きりで、西に向かって逃げたのだ。

「だから今も、スピロ殿が先導して逃げ続けている可能性もある」

もちろん、推測どおりとは限らない。最初は一緒に逃げていても、途中で散り散りになったかもしれないし、逃げ切れずに殺された可能性だってある。

「スピロ殿以外にも、あの伝承に縋った難民がいるかもしれない。ともかく、まとまった数のリュコス人が南へ彷徨っているのは確かだ。民のその後について、もっと情報を集めたいのだ」

エルの瞳がいつの間にか、縋るように陽色を見つめていた。

もしエルの言う通り、スピロがリュコスの民を率いて逃げ続けているとしたら、エルはどうするつもりだろう。どうしたいのだろう。

陽色の手を借りたいと願うだろうか。陽色はどこまで干渉するべきだろう。過去の苦い記憶が蘇《よみがえ》る。難民たちすべての一生を背負う覚悟なんて、陽色にはない。嫌になったって捨てられない。

もし捨てて逃げたら、その後の彼らは、そして自分は、どうなるだろう。

「すまない、ヒーロ。お前に甘えている自覚はある。ヒーロはリュコスとは何の関わりもないのに、巻き込んでいる。だがそれでも頼む。俺をまた、あの街に飛ばしてほしい。なりふり構っている状況ではないのだ。利用できるものは、どんなものでも利用したい。それでお前に嫌われたとしても、俺はやらねばならないのだ」

エルは必死だった。けれどそこに弱々しさはない。何とかしなくてはという、強い意志を感じる。

「……俺、怖いんだ」

相手の強さを感じたから、陽色は弱音を素直に吐くことができた。

「以前にも、俺の魔法で人を助けたことがある。天災で行き場を失った子供たちだ。でも俺は、あの子たちの人生をすべて背負う覚悟なんてなかった」

ただ、その場限りの親切心で、居心地のいい衣食住を与え、最後は孤児院に放り出した。

陽色は当時のことをエルに打ち明けた。

「放り出したと言うが。孤児院まで送り届けたのだろう。それも寄付までして」

「でも、あの子たちにとっては、裏切られたも同然だった。だって、こんなに便利で居心地のいい暮らしを与えてさ。後から不便な世界に放り出すんだから」

陽色の家は、蛇口をひねればお湯が出る。食べ物は柔らかく栄養たっぷりで、豊富な調味料で味付けされている。貴族のような暮らしだ。

「本当のこと言うと、エルとビーを助けたのも、間違いだったかもしれないって思ってる。俺、卑怯なんだ。その場で気持ちがいい思いをしたいから、後ろめたく思いたくないから、それに独りぼっちは寂しいから、あなたたちに親切にしてるだけなんだ。あと、力を使えば何でもできるけど、面倒なことはしたくないって思ってる。この森に住み始めたのだって、そういう怠けた考えからだし。それに……」

「わかった、もういい」

硬い声に遮られて、陽色はびくっと身を震わせた。そんな陽色を、エルは抱きしめる。すっぽりと温かくて逞しい腕の中に抱き留められて、身体の力が抜けた。

「いいんだ。陽色。すまなかった。自分のことばかりで、お前を追い詰めていたのに気づかなかった」

陽色は黙ってかぶりを振った。

エルのせいではない。これは陽色の問題だ。そう口にする前に、あやすように優しく背中を撫でられた。

「お前はとても善良で真面目で、優しい人間だ。苦労してきただろうに、素直で性根が曲がっていない」

「ど、どうしたの、突然」

手放しに褒められると、困惑する。でも、背中をさするエルの手は大きくて温かくて、自然と身体の力が抜けた。

「お前の力は神に等しい。だが、神になるにはお前は情が深すぎる。善良で優しいその性根が、お前を苦しめているんだ。神ならもっと、無慈悲に力を振るうだろう。悪人なら私欲に走るはずだ。陽色はどちらでもない。俺は、俺こそお前を利用していた。お前の繊細さをもっと労《いたわ》ってやらねばならないのに、自分のことばかりだった」

低い声が、心地よく耳に流れる。抱きしめられてぴたりと合わさった身体からも、声の振動が伝わった。

こんなふうに抱きしめられたのは、子供の時以来だ。恥ずかしくて、でも同時にホッとして、なぜだか泣きたくなった。

すまない、と、エルは繰り返す。

「エルのせいじゃない。でも、つらい。エルに吐き出してもいい？」

「――ああ」

陽色の身体を包む腕に、力がこもる。

「聞いてほしい。本当のこと。俺の力のこと」

彼は決して拒絶しない。その広い胸で受け止めてくれる。私欲で陽色を利用したりもしない。誰にも話したことのない身の上を、エルになら打ち明けられる気がする。

「聞かせてくれ。お前のことを、もっと知りたい」

熱のこもった声にホッとして、涙が出た。


それから陽色は、ソファの上でぽつぽつと自分の身の上を打ち明けた。

ここことは異なる世界で生まれ育ったこと、便利で豊かだった故郷について。そして人間の国の王に召喚され追い出され、その後に自分の能力に気づいたこと。

この森の家に引きこもるまでの、様々な出来事。

陽色が持つ特殊な魔法についても、勇気を出してすべて話した。

エルはその間、陽色を膝に抱え込むようにして抱きしめ、相槌《あいづち》を打ったり、苦い記憶につらくなった陽色の肩や頭を撫でてくれたりした。

異世界から来たなんて、普通なら信じられないことのはずなのに、一度も否定したり、疑うような様子を見せなかった。

「想像以上に、大変な経験をしてきたんだな」

すべてを話し終えた時、エルはそう言った。

「信じてくれるの？」

我ながら、突拍子もない現実だ。自分でも、いまだに夢じゃないかと思う時がある。

「なぜ信じないと思うんだ？　むしろ納得した。お前が使う魔法は、俺が知っている魔法とはまったく別のものだ。それに、人族の魔術師が悪魔を召喚しているという噂は、俺も聞いたことがある。異世界の神とも悪魔ともつかない存在を、この世に顕現させるのだと」

エルは答えて、陽色を労るように優しい微笑みを浮かべた。

「苦労をしたな。生まれ育った土地や家族から引き離され、わけもわからないままこの世界に連れてこられたんだ。自分の故郷を奪った相手に、復讐を考えてもおかしくない。この世界を恨んで滅ぼすこともできたはずだ。だがお前はそうしなかった。やっぱりヒーロは優しい」

その言葉を聞いた時、ひとりでに涙が溢れた。

やっと、ようやくこの気持ちをわかってくれる人と出会えた。ずっと苦しかったし、寂しかった。誰にもわかってもらえないと思っていたのに。

「う……ご、ごめん」

涙が止まらなかった。袖口でゴシゴシと目を擦ったが、後から後から溢れてくる。

なおも擦ろうとすると、エルに腕を取られた。

「擦るな。痕になる。無理に止めようとしなくていい」

そのまま腕ごと引き寄せられ、陽色はエルの胸に頭を預けた。温かくて心臓の鼓動が聞こえて、ホッとする。

「泣いていい。泣くのは恥ずかしいことじゃない」

陽色の頭を撫でながら、エルは低く囁いた。

「うん」

陽色は身体の力を抜き、エルに身を預けた。目をつぶって涙が落ちるに任せる。

エルは黙ってしばらくの間、陽色の頭を撫で続けてくれた。額やつむじに温かい感触があって、キスだとわかる。

不思議と自然に受け入れられた。家族に、それこそビーをあやす時のような、優しいキスだったからだろう。

気持ちよくてうっとりする。もっとしてもらいたくて、胸にもたせた頬を擦り寄せた。

こめかみにキスが下り、さらに頬にもしてくれた。

ふと目を開く。すぐ間近にエルの美貌があった。金と緑の美しい瞳に見惚《みほ》れる。相手の顔がさらに近づいてきて、唇を塞がれた。

すぐに離れ、じっと陽色を見つめる。真剣な眼差しだった。陽色の反応を見極めているようだった。陽色はといえば、感情が激しく起伏して思考が追いついていなかった。

ぼんやり見つめ返す陽色に、エルはまた唇へのキスをする。

ドキドキして、でも気持ちがいい。「どうして?」「なんでそんなキスするの?」と、頭の中に疑問符が浮かんでぐるぐるする。

動揺や焦りを見せたら、エルはすぐキスをやめてしまうだろう。やめてほしくない。

そんな葛藤があって、陽色は再び目を閉じた。願いどおり、柔らかな温もりが唇に押し当てられる。

陽色は口づけを受けながら、おずおずとエルの腰に手を回した。と、背中を撫でていた手が、陽色の身体を掻き抱いた。

「ん……」

エルの唇が角度を変え、陽色の唇を優しく嬲《なぶ》る。

性的な刺激を感じ、身体が思わずぴくりと震えた。でもエルは、キスをやめない。

エルがそれより先に進むことはなかったが、もし求められたとしても、陽色は拒まなかっただろう。

甘いキスは、しばらく続いた。

翌日から、陽色とエルは何度も話し合い、街で諜報《ちょうほう》活動をする計画を立てた。

活動期間を決め、「万が一」が起こった場合について、議論を続けた。

ビーにも、繰り返し説明をした。ビーは賢い子だから、下手にごまかしてもかえって不安にさせるだけだ。

「ぼくも、いっしょに行っちゃだめなの？」

最初にエルが、ビーと陽色を置いて一人で街に出かけると聞いた時、ビーは目に涙を溜めて訴えた。

「お、おねがい。ぼくのこと、おいてかないで。ぼく、いい子にするから。も……ねつも出さない。いっぱいはやく歩くから」

「ビオン様」

エルはくしゃりと顔を歪ませ、ビーを抱きしめた。

「あなたを置いて行くんじゃありません。俺は絶対に、一人でどこかに消えたりしません。そのために、陽色に魔法をかけてもらうんですから」

「そうだよ。エルはちょっと出かけるだけだよ。街に行って、リュコスの人たちがどうなったか、確かめに行くだけ。一人の方が怪しまれないんだ」

そばで聞いていた陽色も胸をつかれ、懸命に言い募った。

エルと陽色の二人がかりでなだめ、それから計画を立てる話し合いには、ビーも同席させることにした。

すべて決まった後で、結論だけを聞かされるのは不安だ。大人たちが話していることをすべて理解できないまでも、間近で聞いていたほうが安心できると思ったのだ。

「ヒーロには簡単に頼んでしまったが、正直な話、一度や二度ふらりと出かけて、有益な情報が得られるとは思えない。数回に分けて街に通いたいんだ」

「俺もそう思ってた。しばらくみんなで街に滞在することも考えたけど、何があるかわからないし、エルが動きにくいよね。だからやっぱり、エル一人が俺の魔法で厳重な装備をして、偵察するのがいいと思う。必要であればその都度、姿を変える魔法をかけてもいいし」

なるべくビーにも理解できるように、すでにわかりきった事柄でも、はっきりと言葉にして話し合った。

ビーはその都度、リンゴジャム入りのホットドリンクを飲みながら、大人たちの会話を一言も漏らすまいと耳を傾けていた。

間もなく、計画が決まった。

まず最初は様子を見るために、日帰りで街に行く。その時の状況を窺いつつ、次は泊まりで、一日、二日と必要に応じて日数を増やす。

陽色が何よりも最優先にエルと約束したのは、自分の命を大切にすること。リュコスの民のことも大事だけど、ビーのためにも陽色のためにも、自分を大切にしてほしいとお願いした。

「わかっている。ビーとヒーロを悲しませることはしない」

エルもそう誓ってくれたけれど、声音に以前にはない甘やかなものを感じて、陽色はドキッとしてしまった。

あの晩、エルとキスをした。あの後、エルの「今夜はもう寝るか」という言葉でその場がお開きになり、いつも通りエルは二階へ、陽色は一階の自分の部屋に戻って眠った。

翌朝、陽色は前の晩を思い出して気まずかったのだけど、エルの態度はまるで以前と変わったところがなかった。

もしかしてリュコス人にとって、キスはそう大したことではないのだろうか。唇を合わせるキスが、挨拶代わりとか。

あの晩のキスはどういう意味のキスなのか、とは、勇気が出ずに聞けないままだ。

エルが何もなかったかのように振る舞うので、陽色も内心では気になりつつ、表向きはキスなど気にも留めないふりをしていた。若干、ぎこちなくなることもあったが。

それでも、目の前に真剣にやらなければいけないことがあるので、挙動不審にならずにすんだ。陽色はキスについてはなるべく忘れることにした。

計画が決まり、エルはさっそく一度目の偵察に出かけることになった。

陽色の魔法でまず、エルの外見を別の獣人に変える。路上のリュコス人たちに話を聞く場合、同じ獣人のほうが警戒されにくいと考えたのだ。

それから耳や尻尾が隠れる外套をエルに着せて、大剣は魔法でエル以外には見えなくした。エルの身体にどんな攻撃も当たらない魔法をかけ、お金や食料と一緒に、いくらでも物が入る革袋を持たせた。袋はエルにしか使えないし、なくしても戻ってくる仕様だ。

他にもいろいろ、エルの身の安全を考えて魔法をかけた。

ただ街に出るだけなのに、用心しすぎかもしれないが、陽色も不安だった。

「あとね、エルが三回舌打ちして、『ビー大好き』って言ったら、ここに戻ってくる魔法をかけたから。舌打ちはできるよね」

「それはできるが……他に呪文はなかったのか」

出発の当日、すっかり支度を整えた後、玄関先で帰還の魔法を発動させるための条件を説明していたら、エルに戸惑った顔をされた。

「こういう呪文はね、普段は滅多に口にしないような言葉がいいんだよ。エルはビーのこと好きって、思っててもあまり口にしないだろ」

「それはそうだが。街中で口にするんだろう。少し恥ずかしいな」

「小さい声で言えば聞こえないよ。はい、練習。今は発動しないから、試しに呪文を言ってみて。リュコス語でも共通語でもいい。どの言語でも、街に出たら発動するようにしてあるから」

はい、と促すと、エルはちらりと足元にいるビーを見た。ビーはさっきまで、気がかりそうにビービーを抱きしめていた。今はもじもじしながら、期待の眼差しで兄を見上げている。

「……ビー大好き」

「もう一度」

「ビー大好き」

「もう一回」

三度繰り返させて、陽色は「よろしい」と、偉そうにうなずいた。エルがほっと胸を撫で下ろすと、ビーはクスクス笑った。それから、小さくつぶやく。

「ぼくも、兄うえ大すき」

陽色は胸がキュンとときめいた。エルも同様の気持ちだったのだろう。ぐっと息を詰めて目を潤ませた後、膝を折ってビーを抱きしめた。

「俺も本当に大好きですよ。ビー、今日中には帰ってきます。それまで陽色の言うことをよく聞いて、お留守番していてください」

「うん。いい子にしてる。だから元気でかえってきてね」

ビーも兄に縋り、二人はしばらく抱き合っていた。どちらも離れるのは不安なのだろう。

「エルが眠ったり意識を失ったら、強制的に戻ってくる魔法をかけた。それと、エルが望んでもここに戻って来れるのはあなた一人だ」

同じリュコスの民がいても、ここには連れてこられない。非情に思われるかもしれないが、陽色はまだ、エルやビー以外の命や人生を背負う覚悟はなかった。

「わかっている。大丈夫、同情ばかりしていては前に進めないからな」

うっすらと微笑んだエルの眼差しが、陽色を労るようだと思ったのは、気のせいではないだろう。

これまでの陽色の人生を知り、陽色が抱えた屈託も含めて理解してくれている。それはとても心強いことだった。

「それでは、行って参ります。ヒーロ、頼む」

玄関から庭先に出て、エルが陽色を振り返る。陽色はうなずき、手にしていた地図を広げた。

「兄うえ、いってらっしゃい。気をつけて」

ビーが不安をこらえた様子で手を振る。それにエルが微笑むのを横目に、陽色は行き先を指先で押さえて呪文を唱えた。

一瞬でエルの姿が掻き消える。土の上には、エルの靴跡だけが残った。


エルはその日の夕方、ちゃんと無事に帰ってきた。

少し疲れた顔はしていたが、擦り傷一つ負っていない。渦中に飛び込むわけではなく、治安のいい街に行くだけなのだから、そう心配することもなかったのだが、それでも陽色とビーはエルが戻ってくるまで気が気ではなかった。

無事な姿を見て、ビーはべそをかきながらエルに飛びついたし、陽色もホッとするあまり思わず涙ぐんでしまった。

「心配をかけたな。一日ではあまり、有用な話は聞けなかった」

揃って夕食を囲みながら、エルはその日、街で見聞きしたことを陽色たちに話してくれた。

エルは陽色と初めて出会った酒場をはじめ、土地勘のある場所を回って人々から話を聞いた。

ただ、以前に陽色が聞いたような話ばかりで、新しい情報はなかったようだ。

路上で暮らす、リュコス人らしき獣人に話を聞こうと思ったが、彼らは警戒心が強く、出身地に関わるような話題を向けることができなかったという。

「次も、日を置かずに行ってみようと思う」

こうしてエルは、その後も二日おきくらいに街に出かけた。

回数をこなすたびに、陽色もビーもそれほど不安にならずにエルを送り出せるようになった。

エルも少しずつ、聞き込みに慣れていったようだ。しばらく経つと、顔なじみになった路上の獣人たちから、新しい話を聞けるようになった。

彼らのほとんどはやはり、リュコスから逃げてきた人々のようだ。

「この国の東側、リュコスに隣接する地域はまだ、リュコスから流れてきた人で溢れているそうだ。帝国軍もさすがに、表立ってこの国まで越境してはこられない。リュコスの一般の民たちは、この国に散り散りに流れてきて、少しずつ西に……我々がいる方へ広がっているという」

ただ、ほとんど着の身着のまま逃げてきた異国人にとって、定住先を見つけるのはなかなか難しい。運よく仕事や住む場所を見つけられるのはごくわずかで、多くの人は路銀も尽き、路上生活を余儀なくされているそうだ。

「話を聞くばかりなのが、何とももどかしい。陽色、お前の気持ちが少し理解できた気がする」

エルは苦しそうに言っていた。陽色も、エルの気持ちがわかる。どうにかしたいのに、どうにもできない焦りと苛立ちが。

リュコス人たちの苦しい状況は、エルと陽色の間でだけ共有するようにして、ビーには詳しくは話さなかった。

それでもエルは、立ち止まることなく偵察を続けた。リュコス人の中でも特に親しい者ができ、街にもどんどん詳しくなっていったようだ。

偵察をはじめてひと月が経った頃、陽色とビーもエルについて、買い物に出かけた。

その時はもう、エルがあちこち案内してくれるようになっていた。陽色もそこそこ詳しいつもりだったけれど、今やエルはもっと詳細に街の地理を把握していた。

「陽色からもらった金で、街の外れに宿を借りているんだ。街の外に住んでいる人間が、こうも頻繁に街をうろつくのは怪しいからな。逃げる途中で行き別れた妻を探していることになっている」

リュコス人と交流するために、人物設定も作り込んでいた。陽色はそんなことをまったく意識していなかったから、感心してしまった。

街外れの不便な場所にある木賃宿は格安で、月単位で借りるとさらに安くなることも、エルから教わって初めて知った。

近頃はそこで多くのリュコス人たちが寝起きしており、そこから日雇いの仕事を見つけて細々《ほそぼそ》と生活をしていることも。

「働いてまとまった金ができた者は、家族や親戚と家を借りたり、宿の仮住まいから抜け出す者もわずかだがいるようだ。日雇いではなく、きちんと定職に就く者もいる。そういう者たちが同じリュコス人を助けたりする」

街を歩きながら、エルがいろいろと現状を説明してくれた。

木賃宿がある界隈《かいわい》は治安が悪いそうで、陽色とビーは案内してもらえなかったが、エルが大丈夫だと判断した地域は隅々まで回った。

そう言われて街を見れば、確かに人族に交じって働く獣人族の姿がちらほらある。

以前は路上でうずくまる獣人にばかり目がいっていたけれど、その路上生活者たちも、どこかで手に入れたのか、古道具を並べて物売りをしたり、大道芸の真似をして投げ銭をもらったりと、逞しく生きていた。

「もちろん、いざこざは日常茶飯事だし、治安が悪くなったと地元の住民から苦情が上ることもよくあるそうだ。問題は多い。だがそれでもみんな、流れた先でどうにか生きて行こうとしている」

ただ絶望し、うずくまっているだけではない。そのまま立ち上がれない人がいるのも事実だけれど、どんな困難にあっても前を向いて生きようという人がいるのもまた、現実なのだ。

「みんな、すごいね。少しだけホッとした」

変装したエルが同じく変装したビーを抱き、淡々とした口調で案内する中、陽色はぽつりと思いを口にする。

陽色が心配していたよりずっと、人は強く逞しい。悪事を働く者もいるが、損得抜きに助け合う人もいる。

「世の中、そう悲観するほどじゃないのかも」

「ああ。お前の言うとおりだな」

エルが穏やかな優しい声で同意した。彼がこうしてリュコス人たちの逞しさを教えてくれたのは、恐らく半分は陽色のためだ。

陽色が抱える葛藤や罪悪感を理解して、心の重荷を下ろそうとしてくれている。

「……ありがと」

エルの気持ちが嬉しくて、でもお礼を言うのはおかしいかな、なんてことも考えてしまい、口の中で小さくお礼を言った。

本当に小さな声だったけれど、相手の耳にしっかり届いていたようだ。

エルが振り返り、ふわりと笑った。ビーを片手に抱き、もう一方の手で陽色の頭を撫でる。

優しい笑顔と大きな手の温もりに、陽色の胸はきゅうっと切なくなった。


街に二度目の買い物に行った夜、例によってビーが眠ってから居間で酒盛りをしていたら、エルから「実は」と、打ち明けられた。

「スピロ殿の行方について、手掛かりになる情報を得た」

エルはちっともそんな素振りは見せなかったから、驚いた。

「情報が錯綜《さくそう》しているからな。ある程度、信憑性のある手掛かりに行きつくまで、報告できなかった」

ならば、エルが得ている情報というのは、かなり確かなものなのだろう。

「そうなんだ。よかった。えっと、それって俺が聞いても大丈夫なやつ？」

「当然だ。お前のことは信用している。お前は裏切らない」

きっぱりと言われたので、そこでまたちょっと驚いた。出会ってまだ、それほど経っていない。もちろん、ある程度は信用されていると思っているし、陽色だってエルたちを信用している。

　でもまだ、せいぜい一か月とちょっとだ。エルやビーみたいに、出自を隠しようもない人たちとは違って、陽色はバックグラウンドが不透明である。

　おまけに、過去に子供たちを裏切った話もしたのに、どうしてそこまで断言できるのか。

「今さらだけどさ。そんなに簡単に人を信じちゃって、大丈夫？」

　出会った時はもっと、疑り深い人だと思っていた。

　エルは陽色なんかよりずっとしっかりしている。でも彼とてまだ三十前の若人《わこうど》で、しかも貴族のお坊ちゃんなのだ。もしかして、わりと騙されやすいのではないか。

　心配になって言ったのだが、エルにとっては陽色のそんな不安が意外だったようだ。酒のグラスを傾けながら、喉の奥で小さく笑った。

「簡単に信じているわけじゃない。ちゃんと人は見ているつもりだ。自分の目を過信しているわけでもない。ただ、猜疑《さいぎ》心だらけでも目が曇る。疑いばかりでは身動きが取れなくなるからな。ある程度の覚悟はして、心を委ねるのも時には必要だ」

　なんだか自分のことを言われている気がして、陽色は返す言葉がなかった。陽色はまさに、人に対する不信と猜疑心にまみれて、この森に引きこもっていたのだった。

　エルはすぐ、そうした陽色の内心に気づいたようだ。

「これはお前のことじゃない。俺の覚悟について言ってるんだ」

「うん」

「お前は心を閉ざさるを得ないような経験をしてきた。自分を恥じたり、後ろめたく思う必要はない」

「わかってるよ」

答えると、くしゃりと頭を撫でられた。子供にするみたいで、くすぐったい。胸がどきどきするのを知られたくなくて、陽色はわざと顔をしかめた。

そう、わかっている。エルは遠回しに人を揶揄《やゆ》したりなんかしない。陽色が自分を後ろめたく思っているから、ことさら彼の言葉に反応し、気が咎めるのだ。

「わかってるってば。ごめん、話が逸れた。手掛かりについて教えてよ」

強引に話題を戻すと、エルも「そうだったな」と、すぐさま応じてくれた。

「このひと月、俺はリュコス国のその後と、南に逃げたリュコス人たちの噂話を集めていた。リュコスのその後については割愛しよう。あまり……話したい情報もない」

エルはそこで、苦い表情を浮かべた。帝国軍に制圧された後のリュコスは、相当に悲惨な状況らしい。

「つまり、戦乱が落ち着いて、方々に散らばったリュコスの一般市民たちが国に戻って来られる……っていう状況とはほど遠いってことだね」

陽色もなるべく、感情を抑えて事務的な口調で言った。

「その通りだ。リュコス国から逃げても、帝国領内のリュコス人は即捕虜にされる。だから逃げるとしたら、帝国領の外しかない」

エルはそこで、先ほどから手にしていた地図をソファテーブルの上に広げた。

陽色が以前に見せたものより大雑把で縮尺も大きいが、おおよその位置関係はわかる。あちこちにエルのものらしい書き込みがしてある。

「ここまでが帝国領だ」

言いながら、エルは地図の上に手書きされた線をなぞった。

陽色たちがいるこの大陸は、東西にうんと長く延びている。日本地図で例えるなら、日本列島を横にした感じだ。

リュコスは鳥取県の辺りで、関西以東の日本列島はすべて、帝国領となっているイメージである。

「リュコスの南に、別の王国がある。種族が異なる人々が暮らしていて、当時はまだ帝国の進軍を受けていなかった。スピロ殿たちは、この国を目指したのではないかと、俺は推測していたんだ」

エルは言って、リュコスの南側の土地をぐるりと指でなぞった。

日本地図でいうところの鳥取の下、岡山の辺りだ。その下は海が広がるばかりである。四国にあたる陸地は見当たらない。

エルとビーは鳥取リュコスから島根へ抜け、山口の下関《しものせき》辺りへ流れた。それが最初に陽色と出会った街で、ここひと月、エルが偵察に出かけている場所だ。

陽色たちが今いる大森林は、さしずめ九州地方といったところだ。

「当時はまだ、ってことは、今はこの岡山……じゃなかった、リュコスの南の国にも、帝国軍が進軍してるのか」

言うと、エルは苦い顔でうなずいた。

「俺とビーが陽色に助けられた頃、ちょうど進軍が始まったんだそうだ。ひと月経ってようやく、俺たちが流れ着いた西の街にも情報が巡ってきたようだな」

「リュコスの南は、エルフの国だって聞いた」

詳しくは知らないが、居酒屋の客たちが言っていた。

「そう。だからリュコスほど悲惨な目には遭っていないだろう。ただ、この国にも獣人は暮らしている。もともと住んでいた獣人と、それにリュコスから逃げてきた人々は、帝国に見つかればすぐ捕らえられるそうだ」

陽色は胸が苦しくなった。こういう話は、心を鈍くしようと努めても慣れることがない。

陽色のそうした様子を見て取ったのか、エルはそこで少し、語調を変えた。

「そんな中で、エルフの国で逃げ続けている獣人の集団がいる、という噂を耳にした。何か、宗教的な集団らしいと」

地図を見つめていた陽色は、反射的に顔を上げてエルを見た。相手は硬い表情のまま、小さくうなずいた。

「恐らくスピロ殿と、彼と共に逃げたリュコス人だ。彼らは帝国の進軍を受け、西に逃げようとしたらしい。ただその時にはすでに、エルフの国の西側も国境が封鎖されていた。南の海から脱出しようにも船がない。彼らは恐らく今も、エルフの国にいるはずだ」

帝国の手を逃れ、今も逃げ続けている。いつまで逃げられるだろう。

逃亡生活を想像して、押し寄せてきた感情の波を陽色は必死で抑え込んだ。今は同情や憐憫に酔っている場合ではない。

「話を聞いていると、噂にしてはかなり具体的だよね」

事務的に、気になっていたことを尋ねてみる。そうした質問をされると思わなかったのか、エルは目を見開いて驚きを示した後、小さく笑った。

「鋭いな。実は、エルフの国から逃げてきたという獣人と接触したんだ。エルフの国の訛《なま》りがあるから、恐らく出自に偽りはないのだろう」

ちなみに、陽色はどんな異言語でも意識せず使えるが、この大陸で使われているのは一つの共通言語だ。西と東でかなり違いがあるが、かろうじてどこでも通じるらしい。

「俺が接触した獣人の男は、少しの間、リュコス人の集団と逃げていたというんだ。皆リュコス教会の信徒たちで、彼らは僧侶を指導者にして固まっていた。その指導者の身体的特徴が、スピロ殿と合致している」

「すごい情報じゃない」

陽色は無邪気に喜んだ。スピロたちは無事だったのだ。けれどすぐ、気持ちが萎《しぼ》む。ひと月前は無事だった。今もそうだとは限らない。

「男の話は具体的で信憑性があった。実際にスピロ殿たちを見たことがあるのだろう。ただ、情報すべてが信頼できるかどうかは、また別の話だ」

エルは用心深く言った。

「リュコス人集団の指導者……スピロ殿は、西の国に逃げる道を模索していたという。そこに同じようにリュコスから脱出した王族の末子が、今も逃げているはずだからと。スピロ殿はその王族と合流し、西の国のどこかに定住したいと考えていたそうだ」

「それって……もしかしなくても、ビーのことだよね。……ん？　エルたちが脱出したのって、スピロさんたちより後じゃなかったっけ」

どうして先に脱出したスピロが、ビーたちのことを知っているのだろう。それに、西に逃げたことも。

「ちょっと、怪しくない？」

「まあな。ここまで具体的だと、むしろ男が帝国軍の間諜《かんちょう》ではないかと思える。あるいはビーを誘い出すための方便か。俺が方々で聞き込みをしているのを知っていて、近づいてきた節がある」

「それじゃあ……」

「ただ、ビーを逃がす話はスピロ殿も知っていたし、エルフの国内にリュコス人の集団がいるという噂は、東から逃げてきた人々からもちらほら聞いた」

幼いビーを逃がす話はスピロも知っていて、ビーの護衛に異母兄のエルがつくことも、容易に想像がつく。

だからスピロはエルにわざわざ、自分たちは南に逃げると言ったのだろう。

「スピロ殿は知略に富んだ聡《さと》い方だ。勘が良くて俺の人となりもよく知っている。俺がわざと南以外の場所に逃げることも、予測したはずだ」

その場合、逃げる方向は西に限られる。

エルフの国で立ち往生したスピロが、ビーやエルと合流したいと望むのも、不自然な流れではなかった。

男から聞いたという話が、まったくの嘘とは言い切れない。ただ、真実だともわからない。

そこまで考えて、陽色は低く唸《うな》った。この情報だけでは、真偽を判断しきれないからだ。

「エル自身はこの話、どう思うの？」

尋ねてみる。エルは力なくかぶりを振って、「何とも言えない」と答えた。

「男からさらに話を聞き出すか、締め上げるかしなければ、判断がつかないな。だがもし真実だったとして、どうすればいいのか。自分はどうすべきなのか、迷っている」

彼の声音には、言葉どおり迷いと不安が滲んでいた。

もうそれだけで陽色には、エルの中にある様々な思い、葛藤が理解できた。

「偵察に出ていたこのひと月、ずっと考えていた」

地図に目を落としたまま、エルは独り言のようにつぶやく。

「スピロ殿の生存と居場所がわかったとする。だが、この俺に何ができるだろう。隣国まで助けに行くのか。ビーを連れて？　危険すぎる。しかし、あの子を置いては行けない。ビーを守り続けるのが俺の使命だ。それに何より、もうあの子をつらい目に遭わせたくない。家臣ではなく、兄として。……そこまで考えて、それは逃げなのではないかとも思う。今の平穏を手放したくないから、自分に言い訳をしているのではないかと」

ここは、それは逃げじゃないよと、声をかけるべきなのだろう。でも陽色は、安易に慰めることができなかった。迷い途方に暮れるエルの気持ちが痛いほどわかる。

本音ではビーを人に預け、スピロを助けに行きたいのだろう。今も彷徨い続け、命の危険に怯えるリュコスの人々を思えば、自分が今ここにいることさえ心苦しいはずだ。

しかし、エル一人が向かったところで、どんな助けになるというのか。

もしこの国まで人々を逃がしたとして、その先は？　この国のどこに行くのか。どうなればゴールだと言えるのか。手助けの終わりはどこにあるのだろう。

嫌になったからと、途中で放り出すことはできない。

エルが途中で命を落とせば、まだ五歳のビーはどうなるのか。

かといって、このまま何もせずに生き続けても心は休まらない。この先も平穏や幸福を感じるたび、同時に罪悪感を覚えなければならないのだ。

「考えて考え続けて、それでも答えは出ない」

空虚な声に、胸が詰まった。たまらなくなって、陽色はソファの上に膝立ちする。エルの大きな身体を抱きしめた。

陽色の胸の辺りで、エルの耳が小刻みに震える。驚いたのだろう。けれどエルは何も言わず、じっと抱きしめられていた。

「ごめん。気の利いた言葉が思いつかない。俺にも、何が正解なのかわからない。でも、エルはここまでじゅうぶん頑張ったよ。小さなビーを連れて、よく生き延びてきた。魔法も使えないのに、自分の力だけで。弟を守りながら」

無力感と焦燥が、今もエルを苛《さいな》んでいるだろう。陽色にもどうすることもできなかったけれど、それでも言いたかった。

「スピロさんたちは心配だけど、エルにはエルの使命がある。もしもスピロさんたちを救えなくても、それはエルのせいじゃない。絶対に」

腕の中で、小さく息を呑む音が聞こえた。かと思うと、エルの腕が陽色の腰に回り、強く抱きしめられた。

温もりと共に、相手の身体が小刻みに震えているのが伝わってくる。泣いているのだと、やがて気がついた。

陽色は黙ってエルの髪を撫でる。エルも何も言わず、陽色の胸に顔をうずめた。

「すまない。少し、このまま……」

喉の奥を震わせながら、エルは低く言った。皆まで言わなかったが、陽色は「いいよ」と答えて髪や背中を撫で続けた。

エルを少しでも慰めたかった。誰にも頼れず縋れず、幼いビーを連れ、たった一人でここまで旅してきたエルは、平穏な生活を手に入れた後も、同胞を思って苦悩し続けている。

どれほど悩んでも答えは出ない。現状は変わらない。

それでも、祈らずにはいられなかった。自分の腕の中で声を殺して泣くこの人の心が、少しでも安らかになりますように。

ただそれだけを思って、陽色はエルを抱きしめていた。


翌日から、エルは偵察を休むことになった。

どれくらい休むのか、再開するかどうかもわからない。

「ここひと月、俺が街に行く時は、ビーもずっと落ち着かなかったでしょう。今日から少し休んで、身体を休めることにします」

朝食の席でエルが宣言すると、ビーは耳をピンと立てて喜んだ。

「ほんと？　じゃあ、今日はずっとおうちにいる？」

「ええ。とりあえず三日は休んで、その次の日のことはまた、その時に考えます」

「庭で遊んで、バーベキューするのはどうかって、エルと話してたんだよね」

陽色も言葉を添える。

昨日の夜、長い抱擁の後に二人で決めた。

「明日から少し、偵察を休む」

しばらく声を殺して泣いていたエルは、やがて抱擁を解くと、陽色にそう告げた。

瞳は潤んでいたが、表情はほんのわずかながら、すっきりして見えた。

街で知りたい情報は得られた。これからどうするのかはまだ、決まっていない。

でもここでいったん立ち止まろうと、エルは自分の感情に折り合いをつけたのだ。

陽色も、そうするのが最善のように思えた。それから話し合い、どうせなら休みを満喫しよう、ビーと三人で思う存分遊ぼう、という話になったのだ。

「あそぶ！　バーベキューもやりたい！」

ビーは興奮し、子供用の椅子から立ち上がった。エルに「危ないですよ」と、たしなめられて腰を下ろしたが、そわそわして朝食も手につかない様子だった。

「朝ご飯が終わったら、バーベキューの仕込みをしなきゃね。ビー、お肉を串に刺すの、手伝ってくれる？」

陽色が言うと、ビーは勢いよく「やる！」と声を上げ、それから急いで朝ご飯を食べ始めた。

エルと陽色は顔を見合わせて笑う。朝食を食べ終え、後片付けを終えるとすぐ、バーベキューの下ごしらえを三人ではじめた。

といっても実は、陽色が朝食を作る前におおかた済ませている。ピザ生地を作り、バーベキューで焼く食材をちょうどいい大きさに切っておいた。

それらを食堂のテーブルに広げ、三人で串に肉や野菜を打ち、ピザ生地を伸ばしてトッピングを加える。

前回のバーベキューはお客をもてなす意味もあって、陽色が一人で下ごしらえをしてしまったが、みんなで作業するのも楽しい。

「ぼく、ピザ大好き。ほんとに好きなぐをのせていいの？」

「もちろん。好きなだけ載せていいよ。でもあんまり山盛りに載せすぎると、火が通らなくなっちゃうから、気をつけてね」

「ヒーロ、野菜と肉を交互に刺さなければいけないのに、肉を連続で刺してしまった。やり直しても問題ないか？」

「問題はないけど、別に肉が連続でもいいんだよ。エルの好きに刺せば」

エルは故郷では料理などしたことがなかったそうで、ビーと同じくらい、おっかなびっくりだった。真剣に「これでいいのか」と、尋ねてくる。

下ごしらえを終えたら庭に出て、エルが火をおこす間、陽色とビーは庭のブランコで遊んだ。温度が上がった窯にピザを入れ、レンガで組んだバーベキュー用のコンロで串に刺した肉や野菜を焼く。

飲み物は冷たいお茶とジュースだ。バーベキューだからお酒もほしいけれど、午後もビーと遊ぶ予定なので、アルコールは控えることにした。

出来上がったバーベキューとピザを頬張る。三人で準備をしたせいか、前回以上に美味しい気がする。

エルとビーも耳を震わせ、尻尾をぶんぶん振っていた。

「午後は何して遊ぼうか。ビーは何したい？」

「すなあそび！」

陽色が聞くと、すぐさまビーが答えた。

「砂？　あの、木枠の中に砂が敷かれている、あれですか」

エルが怪訝《けげん》そうに、庭の隅にある砂場を示した。ブランコの存在は知っていたが、陽色が数日前、新たに砂場を作った話は、まだしていなかった。

日本では当たり前によく見かける砂場は、こちらでは馴染みのないものらしい。ビーも最初は遊び方がわからずにいたが、今はすっかりお気に入りだ。

「穴をほったり、お山をつくったりするの。あとね、とんねる、っていうのとか。それから、ぴかぴかのおだんご。ヒーロは、すごくじょうずにおだんごつくるの」

すごく楽しいんだよ、とビーは力説した。エルはその楽しさがいまひとつ、ピンと来ないようだ。

「砂遊びって、俺の国によくあった子供の遊びなんだ。でも、大人でもけっこう楽しいよ」

ここ数日、陽色もビーの砂場遊びに付き合っていたが、途中から童心に帰り、一緒になって楽しんでいた。

「今日は力持ちのエルがいるから、大きい作業ができるんじゃないかな」

バーベキューとピザでお腹いっぱいになり、一休みした後、午後からは三人で砂遊びに取り掛かった。

庭にある水道から、エルが木桶いっぱいに水を汲んで運ぶ。陽色とビーで山を作り、トンネルを掘った。

「ちょっとずつ砂を掻き出すんだ。エルもやってみて。途中で穴の天井もうまく固めないと、崩落するから」

エルははじめ、陽色とビーにねだられるまま、水を汲んで砂にかけたり、山に新たな砂を盛ったりしていた。

ビーだけでなく、陽色までもがはしゃいで泥まみれになるので、呆れた顔をしている。

そこで陽色は、トンネルを開通させる楽しさをエルに教えることにした。

陽色が場所を譲ると、エルは仕方なく、というように穴を掘り始める。大柄の男がしゃがんで狼の幼児と一緒にトンネルを掘る姿が、なかなかシュールで可愛らしい。

「これくらいの穴でいいですか。……ん？　あっ」

穴掘りくらいと侮っていたのだろう。手早くトンネルを掘って、さっそく崩落させていた。

「水を入れていっぱいかためるの。ちょっとずつ水を入れるんだよ」

「あ……ああっ、申し訳ありません。水を入れすぎてしまいました」

「そしたら、あたらしい砂を入れれば、だいじょうぶ」

ビーが動揺する兄に優しくレクチャーする。

「ん、これは……なかなか難しいな」

「そうでしょ」

エルの表情が、だんだんと真剣味を帯びてくる。陽色は笑いを噛み殺し、二人の脇で泥だんごを作った。我ながら見事な球状のだんごを作り上げると、サラサラの砂をかけ、表面を滑らかにする。服の裾でそれを磨く。

陽色がピカピカの泥だんごを作り上げる間に、兄弟はトンネルを開通させていた。

「あともうすこし」

「今、ビーの指が当たりましたね」

二人は両側から手を差し入れ、最後に開通の握手をしていた。やった、とビーが叫ぶと、エルも顔をほころばせる。兄弟のどちらも尻尾がぶんぶん振れていて、陽色は破顔した。

トンネルの次は、陽色のピカピカ泥だんご教室になり、最後はトンネル横に大きなため池を作って遊んだ。

すっかり興に乗ったエルが、かなり深い穴を掘り上げ、そこに水を入れて池にしたのだが、みんなしてそのため池に落ちたので、身体中が泥まみれになった。

「エルもビーも、すごい顔」

「ヒーロも！」

「ビー、その手で目を擦ったらだめです」

庭の水場で手と顔を洗ったが、それでもまだ泥んこだ。風呂に直行することになった。

三人いっぺんには無理なので、先に陽色とビーとで入らせてもらう。

「すっごく楽しかった。あしたも、すなあそびしたいな」

シャワーで泥を落としながら、ビーがまだはしゃいだ声で言う。これほど屈託のないビーの笑顔は、久しぶりだ。

このひと月、ビーはいつもいい子でお留守番をしていて、我儘《わがまま》を言ったり不満や不安を口にしたことは一度もなかった。

でもやはり、エルが外に出かけて行くのは不安だったのだ。

「エルがいると、あっという間に池が掘れちゃうね。明日はもっと大物を作ろう」

陽色は提案する。陽色もこのひと月、ずっと気を張っていた。

魔法を何重にもかけたし、対策は万全すぎるほど万全だったけど、それでも不安だった。

何が不安なのか、一言では表せない。現実には起こり得ない事態も含め、ありとあらゆる想像が陽色の頭の中で過っては消えて行った。

そのエルが、当分は出かけないと言った。ホッとする反面、昨夜の彼が見せた苦悩を思い出し、陽色も悩んでいる。

——これから、どうすればいいのだろう。

ふとした拍子に脳裏を過る。でも今は、こうしてビーと遊んでいる間だけは、その悩みと迷いを忘れようと考えていた。

「よし、綺麗になった」

先にビーの身体を洗い上げ、耳の中や尻尾に汚れが残っていないか、点検した。

「ありがとう。ヒーロはまだどろんこだ。タオルでからだふくの、ぼく、ひとりでできるよ」

ビーはブルブルッと身体を震わせて水気を払うと、そう宣言した。陽色は大きく目を見開き、驚いて見せる。

「ほんと？　すごいね。それは助かるな」

ビーははにかんだ笑みを浮かべ、いそいそと浴室を出て行った。

ビーは大人が教えてやると、ちゃんと何でもこなす。王子としてかしずかれて育ったのに、今はもう自分で全身を洗えるし、身体を拭いて服を着替えられた。

食事のお手伝いや後片付けだって、率先してやる。大人の言うことは基本的に、素直に聞く。

五歳なんて、感情のまま振る舞う年齢ではないだろうか。いい子すぎて、たまに不憫《ふびん》になる。

ビーが束の間でもつらいことを忘れ、楽しい時間を過ごせるように、できる限りのことをしたいと思った。

（これも、独善で偽善なんだろうけど）

人に何かしたい、と思った瞬間、自分への戒めが頭に浮かぶ。これはもう、習い性になっていた。良かれと思って、他人に善意を施すのが怖い。

（でも、ずっと逃げたままじゃいられない）

浴室に一人になって、頭や身体を洗いながら、いつの間にか物思いにふけっていた。

「ヒーロ、俺もシャワーを使っていいか」

脱衣所でエルの声がして、陽色は我に返った。考え事に集中するあまり、ずいぶん時間が経っていたらしい。

慌てたが、おかげで返事をするのが遅れてしまった。

「……ヒーロ？　失礼、開けるぞ」

心配そうな声と共に、浴室のドアが開く。全裸のエルが現れた。

「あ、あっ、ごめん！　あの、ぼーっとしてて」

全身泡だらけのまま、陽色はオロオロと視線を彷徨わせた。

男同士だし、そう慌てることはない。エルもちゃんと声をかけて入ってきた。

そう頭ではわかっているのだが、焦ってしまう。なんで、と自分でもツッコんだ。たぶん、エルの裸が間近にあるせいだ。

彼の全身は隆々とした筋肉に覆われており、しかも均整が取れている。よく日に焼けた肌は滑らかで、その逞しく美しい肢体が妙に艶《なま》めかしく感じられた。

それから、足の間にあるずっしりとしたものに目が行ってしまい、慌てて逸らす。

「ごめん、いつまでもシャワーを占領しちゃって」

エルの手足にこびりついた泥を見て、ようやく現状を思い出した。急いでシャワーを浴び、泡を落とす。

「いや、俺の方こそ急《せ》かしてすまない。ゆっくり入っていてくれ」

こちらの慌てぶりに困惑したのか、エルも途中からオロオロして、浴室を出ようとした。

「ううん、もう終わったから。俺が出るよ」

陽色はさらに焦り、シャワーを止めた。場所を譲ろうと、戸口へ足を踏み出す。あまりに慌てていたせいか、濡れた床でつるりと足が滑った。

「わあっ」

バランスを崩し、自分の身体が後ろに倒れるのを感じた。背後には金属製のシャワーコックがある。ひやりとしたが、その時にはもうエルの逞しい腕に掬《すく》い上げられていた。

「大丈夫か」

吐息がかかる距離に、エルの顔がある。裸のまま腰を抱えられているので、下腹部が接触していた。

自分の性器に相手のそれが触れている。気づいて陽色は真っ赤になった。

「ご、ごめ……」

身じろぎすると、エルも気づいて固まった。陽色もどうしていいのかわからない。

陽色の身体は相変わらず重心を崩したままだ。無防備な体勢でエルを見つめていると、相手の喉がごくりと鳴った。喉仏が大きく上下する。

それを目にして、陽色の頭の奥も痺れたようになった。ふわふわとした、なんだかとんでもなくラッキーなことが起こったような、陶然とした気分がする。

もぞりと身じろぎしたのは、どちらが先だっただろう。擦れ合う互いの性器が、むくりと頭をもたげた。

「あ……」

「……ヒーロ」

自分を呼ぶ声が、ひどく甘く感じる。以前にもこんなことがあった気がする。そんなことを考えていたら、エルの顔が近づいてきた。

そう、前にも彼に、キスをされたのだった。

あの柔らかな感触を思い出し、うっとりと目をつぶる。間もなく、望んだ感触が唇に触れた。

「ん……」

「ヒーロ」

唇が離れ、優しい声が陽色を呼ぶ。目を開くと、緑金の瞳が熱い眼差しでこちらを見据えていた。

エル、と陽色も名前を呼ぼうとした。しかし唇をうっすら開くと、その動きに引っ張られるようにエルの唇が再び近づいてくる。

陽色は目を閉じてそれを迎え入れた――。

「エル！　ちゃんとふくきれたよー」

その時、脱衣所でビーの声が上がった。ビーはまだその場にいたのだ。

陽色とエルは同時に勢いよく相手から離れる。陽色は慌ててまた、足を滑らせそうになった。

「わあっ」

「危ないっ」

再びエルの腕に掬い上げられ、ビーが「たいじょうぶ？」と浴室に顔を出した。

そんなラッキースケベ……いや、ハプニングはあったものの、それからその日は何事もなく終わった。

思いきり砂遊びをしたので、三人とも夕方にはお腹がぺこぺこだった。陽色は作り置きしておいたトマトソースと野生豚のひき肉、これも作り置きしていたパスタとで、ミートボールスパゲティを作った。スープとサラダも添えた。飲み物は、大人にはワイン、ビーには葡萄ジュースだ。

大皿に山盛りのスパゲティをどん、とテーブルに置き、みんなで取り分けて食べる。

リュコスでは、大皿料理は宴会で出されるものだということで、図らずもパーティー感が出たようで、エルもビーも大喜びだった。つられて陽色もテンションが上がる。

食事を終えると、もうビーは眠そうに目を擦っていた。

「明日も遊びましょう」

まだ起きてる、というビーに、エルが優しく言う。それを聞いて、ビーはハッと思い出した顔をした。

「そうだ。またあしたも、エルがおうちにいるんだね」

今日も明日も、エルがそばにいる。それが何より、ビーには嬉しいようだ。

ビーを寝かしつけた後、一階に戻ってきたエルだったが、今夜は酒盛りをせずにもう休むと言う。酒豪で酒好きのエルは夜に酒を飲むのが楽しみのようで、偵察から戻った夜も欠かさず飲んでいた。

「大丈夫？　そんなに疲れちゃった？」

エルが酒を飲まずに寝るとは。心配になって陽色が尋ねると、エルは困った顔をした。

「いや、そこまで疲れたわけじゃない。偵察に出向いた時は神経が張りつめていて、酒がないと気持ちを切り替えられなかった。だが今夜は酒がなくても寝られそうだ。昼間は本当に楽しかった」

「そっか。そういうことならよかった」

陽色は胸を撫で下ろした。エルはそんな陽色を見て、困った顔で微笑む。

「それと、酒が入るとお前に不埒《ふらち》な真似をしそうだからな」

思いもよらないことを言われて、陽色は固まった。エルは陽色の顔をいたずらっぽく覗き込んだ。

「昼間のお前の裸が、まだまぶたの奥にちらついてるんだ」

艶っぽい声音で囁かれる。言葉がようやく脳まで届き、顔が熱くなった。

「な、な……」

「白くて、赤ん坊みたいに滑らかな肌だったな。美味そうだった」

「バ、バカッ、何言ってんだよ」

恥ずかしさにいたたまれなくなって、手を振り上げた。エルの腕に当たると、大して痛くもないはずなのに、エルは笑いながら大袈裟に顔をしかめた。

「やらしい。エロ狼」

陽色の悪態に、エルは声を上げて笑った。

「ああ、俺は狼だからな。今夜は退散する。無理やり襲って、お前に嫌われたくない」

甘く微笑まれ、きゅうっと胸の奥が疼《うず》いた。

陽色を襲いたくなるということは、それはつまり、陽色のことをそういう目で見ているということだ。

以前、彼の前で泣いてキスをされた時から、薄々そんな予感はしていた。深く考えないようにしていたけれど、一縷《いちる》の期待を抱いていたのは確かだ。

「……嫌わないけど」

口の中でつぶやく。聞こえなかったのか、エルが耳をぴるっと震わせ、こちらに近づけた。

「ん？」

「嫌わないって言ったんだよ。俺は、別に……エルなら」

ボソボソと、ぶっきらぼうにつぶやくことしかできない、意気地がないのは許してほしい。十七歳で異世界に飛ばされて、ろくに恋愛などしてこなかったのだ。

「だめだ、ヒーロ」

突然、否定の言葉が返ってきて、ぎくりとした。しかし、悲しい気持ちが湧き起こるより前に、エルの腕が陽色を抱き寄せていた。

「そんな言葉を口にしたら、本当に襲われるぞ」

言いながら、ぎゅっと腕に力を込める。以前の慰めの抱擁とは違って、今回はエルの感情がたくさんこもっているような、甘やかな抱擁だった。

強く腰を押し付けてくるのも、ドキドキする。

このまま襲われてもいいな、という気持ちと、未知の行為に向かうかもしれないという不安とが半々だった。嬉しいけど怖い。

エルにもそうした迷いが伝わったのか、抱擁を解かれた。

「これでも理性をかき集めてるところなんだ。あまり可愛いことを言わないでくれ」

「か……」

大の男に向かって、可愛いだなんて。言い返そうとしたが、エルにとびきり甘く微笑まれて声が出ない。

ひたすらまごまごしていたら、クスッと笑われた。こめかみに音を立ててキスをされる。それから唇の端にも。

「可愛い顔も禁止だ」

耳元で囁く。離れ際にまた、唇が頬をかすめて行った。

「――おやすみ」

陽色の心をさんざんかき乱して、エルは機嫌よく去っていく。

「な……なんだよ。むちゃくちゃカッコいいじゃないか」

エルの姿が見えなくなって、ようやく声が出た。

朴念仁だと思っていたのに。本人だって、つまらない性格だからモテなかった、みたいなことを言っていなかったか。

でも、さっきは口説くのに慣れた感じだった。キスの仕方も自然だ。少なくとも、恋愛経験ゼロの陽色よりうんと様になっている。

「エロ狼」

照れ臭くて、本人はいないのに悪態をつぶやいた。

甘くて美味しいお菓子を食べたみたいに、頭が幸せでいっぱいになっている。ふわふわした気分は、それから夜ベッドに入って眠りに落ちるまで続いた。

翌朝、陽色は起きてパンを焼いた。

パン生地は前の夜に仕込んで、一晩かけてじっくり発酵させたものだ。朝食用のシンプルな丸パンと、ベーグルの二種類ある。ベーグルは、今日のお昼のお弁当にと考えていた。

パンの焼ける香ばしい匂いが家中に漂うと、それにつられたようにエルとビーが起きてきた。

「焼きたてのパンだ」

食卓に盛られた丸パンを見て、嬉しそうに言ったのはエルである。エルとビーの尻尾が同時にわさわさ揺れるのが見えて、陽色は笑いを噛み殺した。

昨晩、エルに甘い雰囲気で色っぽいことを言われて、今朝もまた思い出してはドキドキしていた。エルがどんな顔で現れるのだろうと身構えていたのだが、初めてキスをした時と同じく、彼は今朝も憎らしいくらい普段通りだ。

(俺だけ翻弄されてる気がする)

昨晩のあれは、どういうつもりだったのだろう。

両想いだったのかも、なんて浮かれていたけれど、勘違いだったかもしれない。エルが抱きしめて性的なことを匂わせたのも、もしかするとただの冗談かもしれないし。

いつもと変わらないエルの態度を見て、一瞬でそんなことを考えてしまう。相手の表情一つに一喜一憂する自分は、相当深みにはまっているようだ。

——いつまでも一緒にはいられない、いつか離れ離れになるかもしれない相手なのに。

ふと薄暗い考えが脳裏を過った時、

「おはよう、ヒーロ」

エルが言って、にこっと微笑んだ。昨夜の続きみたいな、蕩《とろ》けるようにとびきり甘い笑顔だ。

「ヒーロ、おはよう。とってもいいにおい」

ビーが続いて挨拶をしてくれなかったら、エルの笑顔に見惚れて、手にしていたジャムの瓶を落としていたかもしれない。

「おっ、おはよう。今朝はパンと野菜スープ、それにベーコンエッグだよ」

やったー、と両手を上げる可愛い子狼の姿を見て、かろうじて正気を取り戻す。

「何か手伝えることはあるか」

エルが申し出て、食器やスープを運んでもらった。サッとベーコンエッグを焼いて、三人で食卓を囲む。

そこからはもう、普段の朝だった。エルの態度もそれから変わらず、ビーが「今日も砂遊びできる?」と、真剣な顔で聞いてくるので、陽色も冷静さを取り戻すことができた。

一日の予定を相談し、その日は一日、砂遊びを満喫することにした。

朝食を終えて一休みした後、さっそく庭に出る。今日はまず、家を作ることになった。

みんなで真剣な顔で大きな砂の家を作り、それを庭の木の実や花で飾り立てる。そうしているうちにお昼になった。

昼食は昨日のバーベキューでも使った庭のテーブルで、陽色が作ったベーグルに具を挟んだベーグルサンドを食べた。

野菜やチーズ、肉など、様々な具を挟んだのだが、エルはこれが気に入ったようだ。

「ベーグルというのは初めて食べるが、どんな具材にも合うな」

そう言って、大きな口で美味しそうに食べる。作りすぎたかな、と思ったベーグルサンドは、おかげで綺麗になくなった。

午後は、砂で作った家の周りに庭を作る作業だった。川と池も加えて、池には葉っぱの小舟を浮かべるなど、なかなか凝っている。細部にこだわりはじめると、エルも陽色もビーに負けず劣らず真剣になった。

「こちら側がちょっと寂しいですね。ビー、花を置きましょうか」

「うん。あとね、はたけもほしい」

「こっちに作る？　庭に井戸もあったほうが嬉しいよね」

途中で少しだけビーのお昼寝を挟み、午後いっぱいかけて、ようやく家と庭が完成した。

「ここ、ぼくたちのおうちにする！」

ビーが宣言する。陽色が何気なく「ぼくたち？」と尋ねると、ビーはこくっとうなずいた。

「うん。ぼくとエルとヒーロと、あとね、おうちがなくなった人も住めるの。広いから、すごくいっぱい住んでもだいじょうぶ。はたけがあるから、たべものもいっぱいできるでしょ」

ビーは嬉しそうに言って、家は百階くらいあるのだと説明した。砂の四角い造形だが、ビーの中では想像が膨らんでいるらしい。

畑には野菜や果物だけでなく、肉や魚も実るのだそうだ。この小さな砂の家に、たくさんの家を失った人が住めて、食べ物や飲み水にも困らないという。

子供らしい想像に、しかし、胸をつかれた。

あまりにも楽しそうに遊んでいるから、苦しいことや悲しいことは頭から離れていると思っていた。

しかし、たとえ幼くても、ビーは決して忘れてなどいなかった。大人と同じくらい……もしかしたらそれ以上に、故郷の人々や街で見かけた流浪のリュコス人たちのことを考えている。

「それでね、これがおふだ！」

ビーは勇んで、小さな葉っぱを陽色に見せる。陽色が「お札？」と尋ねると、

「前にヒーロがおはなししてくれたでしょ。ヒーロの国のむかしばなし。三枚のおふだで、こわい山んばをやっつけるの」

そう言われればエルの留守中、ビーに日本昔話を話して聞かせたことがある。陽色も親から聞いた、「三枚のお札」という話だ。

山に入った寺の小僧が、和尚様《おしょう》からもらった三枚のお札を使って、追いかけてくる山姥《やまんば》を撃退するという話である。

陽色はこのスリリングな展開が子供の頃から好きだったので、ビーにも話して聞かせた。ビーもこの話が気に入ったらしい。

砂の家の周りにお札代わりの葉っぱを置いて、守りを固めている。

「これで警備は完璧だね」

陽色が言うと、ビーも嬉しそうに笑った。陽色がエルに「三枚のお札」のストーリーを説明すると、なるほどと感心したようにうなずく。

「そういえば、主人公が持ち物を投げて魔物から逃げる話は、リュコスにもあるな。札ではなく、持っていた木の実を投げるんだ」

世界や種族は変わっても、似たような話が流布しているらしい。人の本質はどの世界も変わらないということなのかもしれない。

「ぼく、そのおはなし知らない。どんなおはなし？」

「投げた木の実が、大きな岩に変わって魔物を押し潰すんですよ。それから木の葉を投げて」

ビーがねだって、エルがリュコス版「三枚のお札」を披露した。話にインスピレーションを得たのか、ビーは砂の家の周りの装飾を話に合わせて増やしていった。

夕方、砂の家は庭や周囲の装飾に至るまで完成し、本気の砂遊びは終わった。

交替でお風呂に入り、砂遊びの汚れを落とす。今日はエルとビーが先に入って、昨日みたいにドキドキなハプニングが起こることはなかった。

夕飯は鶏肉の煮込み料理にした。エルもビーも手伝ってくれて、三人は食事をしながら自分たちの知っているおとぎ話の続きを話し合った。

「ぼく、いっすんぼうしのおはなしが好き。こづちをふると大きくなれるの、いいな」

ビーは子供用の椅子の上で、スプーンを振ってみせる。一寸法師があっという間に青年になり、美しい姫と結婚したという話をした時、ビーはうっとりしていたのだ。

「子供があっという間に大きくなったら、親御さんはがっかりするでしょうね。我が子の成長を見る楽しみがない」

エルは、あっという間に大きくなるビーを想像したのか、生真面目にそんなことを言う。陽色は思わず笑った。

「リュコスの『三番目のお姫様』って話、俺の知ってるシンデレラって話によく似てるな。シンデレラにも血の繋がらない姉が二人いてね……」

話は尽きなくて、夕食の片付けをした後も居間でしばらく、お茶を飲みながら話し込んだ。

今日は昼寝をしたので、ビーもちょっと元気だ。たくさん楽しい話をして、ビーがソファの上でうとうとし始めたのは、夜もだいぶ更けた頃だった。

エルがぐらぐら左右に揺れる弟の身体を抱き上げると、ビーは兄の肩口に頭を預けて寝てしまった。

「明日の朝は、ちょっとゆっくりしようか。午後から森に遠足に出かけるのはどうかな。防御の魔法と、獣避《よ》けの魔法をかけるから、安全だと思うんだけど」

ビーを起こさないよう、陽色は声をひそめて提案する。エルもうなずいた。

「ヒーロの魔法なら安全だな。午前中はのんびり過ごそう。ヒーロも連日、砂遊びに付き合って疲れただろう」

「体力的にはね。でも楽しかった。砂遊びなんて、子供の頃以来だったから」

「俺は初めてやったが、楽しかった」

二人でひっそり笑い合い、エルはビーを抱えたまま立ち上がった。

おやすみ、と陽色が小声で言うと、エルは甘く微笑む。

「おやすみ。今日もありがとう」

優しい声で言って、陽色の頬にキスをする。もう驚かないぞ、と思っていたら、唇にもキスをされた。昨日より大胆で、深いキスだった。

「んっ」

「今、油断していただろう」

エルはクスクス笑いながら言って、今度は軽く、陽色の唇の端にキスした。

陽色はやっぱり赤くなってしまい、どうにも気の利いたセリフを返すことができなかった。

「気が向いたら、今度はヒーロからもしてくれ」

気安い口調で言い、ビーを抱いて階段を上っていく。

「気が向いたらって……そんなに気軽にできるかよ」

そして今日もやっぱり、本人がいなくなってからそんな文句をつぶやくのだった。


翌日、陽色が自然に目を覚ましたのは、朝のだいぶ遅い時間だった。

前の晩、エルとビーが二階に上がった後もしばらく起きていて、寝るのが遅くなったせいだ。

陽色が寝室を出ると、エルとビーは食堂にいて朝ご飯を食べていた。

「おはよう、ヒーロ。勝手に台所を使わせてもらった」

「ヒーロのぶんもあるよ」

食卓には炒《い》り卵を挟んだパン、それに野菜炒めらしきものが大皿に盛ってあった。皮を剥《む》いてカットしたリンゴもある。

「すごい。これ、エルが作ったの？」

「作ったと言っても、パンはヒーロの焼いたもので、あとは卵と野菜を炒めただけだ」

エルが照れ臭そうに言って、ビーが張り切って声を上げる。

「ぼくもてつだったの！」

台所のコンロの使い方や、食材の場所は二人に教えてある。好きに使っていいよとあらかじめ伝えてあった。

でもエルが実際に一人で調理をしたのを見たことはなく、料理ができるとも思っていなかった。

陽色が席につくと、エルが大皿から陽色の分の野菜炒めとパンを取ってくれた。ビーがピッチャーの水を陽色のコップに注ぐ。

小さな手で大きなピッチャーを持つのに、多少ハラハラしたものの、ビーはこぼすことなく水を注ぎ終え、陽色に渡してくれた。

「ありがとう。至れり尽くせりだ」

「いつも、陽色に作ってもらってばかりだからな」

料理は好きなので苦にならないが、たまに人に作ってもらったものを食べるのも嬉しい。

いただきますをして、野菜炒めを食べた。

「あ、美味しい」

塩の効き具合が絶妙だった。パンも食べたが、具の卵はほどよく半熟でこれも美味しい。

「すごく美味しいよ、エル」

「ね、おいしいでしょ。エルもおりょうりじょうずなんだね」

ビーが誇らしげに言う。エルは照れながらも褒められたのが嬉しそうで、尻尾がわさわさ揺れていた。

「ただ、量の加減がわからなくて、野菜炒めは作りすぎてしまったんだ。リンゴも切りすぎた」

陽色の分を取り分けてもまだ、大皿には野菜炒めとリンゴが大量に残っている。二人はもうお腹いっぱい食べたそうだ。

「それなら、これを持って遠足に行こうよ。野菜炒めはパンに挟んでも美味しそうだし、リンゴも手軽に食べられるもの」

お昼を作る手間もなくなった。

森に遠足に出かける話は、ビーもすでにエルから聞いていたらしい。早く出かけたくてうずうずしているようだった。

二人とももう、陽色の魔法には全幅の信頼を置いてくれているようで、猛獣のいる大森林に遠足に出かけることも、それほど警戒した様子がない。

陽色自身も、この家の周りの森は何度も足を運んでいる。魔法を使わなくてもだいたいの地理はわかるし、生息している獣も小型なものばかりであまり危険はなかった。

それでも幼いビーがいるから、用心には用心を重ねた。自分を含めた三人の身体に、それぞれ幾重もの防御の魔法をかけ、さらに獣が近寄らないようにした。

互いがはぐれても家に戻って来れる魔法、森の動植物から毒を受けても無効化する魔法、他にもあれこれ考えて魔法をかけた。

野菜をパンに挟んで、リンゴと一緒に木の蔓で編んだ籠のお弁当箱に詰めた。竹で作った水筒に水を入れる。

これらは竹の背負子に収納し、エルが持ってくれることになった。彼は腰に剣を下げていた。

「ヒーロの魔法は完璧だと思うが、持っていた方が安心するんだ」

気持ちはわかるし、陽色も心強い。

準備万端整って、三人は森に遠足に出かけた。ビーもいるので、速度はゆっくりだ。

この辺りの森は比較的気温も低く、日の光があまり届かないせいか、地面に生えている下草が少ない。苔《こけ》やシダが多くて、日本の山林にちょっと似ていた。

森の爽やかな空気を吸い、たまに可憐な花を見つけて楽しむ。食用の木の実を見つけて、少しだけつまみ、苔むした倒木の上に座ってお昼ご飯を食べた。

遠くで鳥の声がして、栗鼠《りす》が駆け回るのが見える。それ以外は静かで、穏やかだった。

長い時間をかけて森を歩き、日が暮れる前に家に戻ってきた。

「あしがカチコチになってる」

ビーがたくさん歩いて疲れた足を、楽しそうにそう形容した。

「ずいぶん歩いたもんね」

陽色も足が痛い。唯一、エルだけはけろっとしていた。陽色がそのことを指摘すると、

「鍛え方が違うからな」

そう言って笑った。これまでも鍛錬を続けてきたのだろうが、今もエルは、空いた時間によく、庭で剣の稽古をしたりして、身体を鍛えている。

「ぼくもいっぱいきたえたら、エルみたいになれるかな」

兄の大きな身体をまじまじと見上げて、ビーが言う。エルは優しく笑って弟の頭を撫でた。

「陛下も兄君たちも大柄でしたから、ビーもたくさん食べて運動すれば、大きくなれますよ」

「じゃあぼく、あしたからいっぱいきたえる。エルといっしょに、おけいこもする」

明日から。その言葉に、エルは答えなかった。ただ微笑んでビーの頭を撫でた。

陽色はそのことが気になったけれど、何も言えなかった。

ビーも、何かを察したのかもしれない。不思議そうに兄を見つめ、ただ黙っていた。

その日の夕食は鶏だんご鍋だった。陽色が、故郷では家族で鍋を囲むことがあると話したら、エルとビーにやってみたいと言われたのだ。

土鍋も卓上コンロも以前、陽色が一人鍋をした時に魔法で作ってある。

食材もあるので、三人で山鳥の肉の鶏だんごを作った。山鳥は鶏肉より硬いが、脂が乗っていて滋味深い。ひき肉にして鶏だんごにすると美味しいのだ。

家庭菜園の長ネギや青菜と一緒に煮込み、塩で味付けした。それだけでもじゅうぶん、美味しかった。

エルとビーも大喜びだった。

「手軽なのに美味いな」

「おだんご、おいしい」

途中、陽色は魔法で出したポン酢醤油《すじょうゆ》を二人に勧めた。

「それぞれの家庭で調味料も違うけど、うちは鶏だんごにポン酢をつけるんだ」

二人には馴染みのない味だろう。恐る恐るポン酢をつけて食べていた。

「すっぱい」

ビーは耳をぴるぴる震わせ、エルは「酒が欲しくなるな」という感想だった。エルはポン酢が気に入ったようだ。

たくさん食べて、食後はまた居間でお茶を飲みながら話をした。ビーが目をくしくし擦り始めるまで、団欒《だんらん》は続く。

今日も楽しい一日だった。ずっとこんな日が続けばいいのにと思う。

そうならないことを陽色は、そして恐らくビーも、わかっていたけれど。

ビーを二階に寝かしつけてから、今夜はエルが一階に戻ってきた。

「話をしてもいいか。今後について、相談したい」

この楽しく賑《にぎ》やかな日々は、いつか終わると思っていた。

とうとうその時が来たのだと、エルの思い詰めた表情を見て陽色は思った。

今夜は酒ではなくお茶を淹《い》れ、居間のソファにエルと並んで座った。

「この三日、本当に楽しかった。いや、お前と出会ってからの日々はいつも楽しかったし、幸せだったが」

陽色の淹れたお茶を飲みながら、エルが口を開いた。

「しばらく休むと決めてからも、ずっと考え続けていた。本当はもう少し休むつもりだったんだ。だが、迷ってもいつか結論を出さなければならないなら、早い方がいい」

エルの言葉に、陽色は黙ってうなずくだけだ。

穏やかで楽しく過ごす間も、エルが悩み考え続けていたのは知っている。陽色もまたエルと同じように、これからのことを考え続けていたからだ。

どれだけ悩んでも、迷っても、最良の答えは決して出てはこない。

これは、そういう問題だ。たとえ決断したとしても、すぐにまた迷いが出る。何を決定しても後悔する。

それでもいつか、決断しなければならなかった。

ならば早いうちにと結論を出したエルは、勇気のある人だと思う。陽色みたいに、過去や感情に振り回されてグダグダしない。

たぶん、時には非情な決断を下せる人だ。本当の武人とはそういう人物なのだろう。

「お前に頼みがある。無理を承知で言う。断られることも覚悟の上だ」

陽色はうなずき、無言でエルの言葉の先を促した。

「……ビーを、しばらく預かってほしい」

ほっと、思わず息が漏れた。その言葉は、陽色がいくつか予想していたことのうちの一つではあったが、意外でもあった。

もっと、大きな頼まれごとをすると思っていたのだ。

「この森で、ってことだよね。いつまで？　預かる間、エルは何をするつもり？」

「東に戻って情報を集める。それからエルフの国へ行く。もしまだスピロ殿が留まったままなら、救出に行く。東に進むための旅支度も、お前に頼むことになるが」

すまない、とエルはつぶやいた。陽色に頼みごとをするのが、ひどく心苦しそうだった。

彼は陽色が過去の経験に囚われているのを知っている。自分が頼みごとをするたびに、陽色を傷つけるのではないかと心配しているのだろう。

「旅支度くらい、簡単だよ。それくらいは構わない」

「問題は、ビーのことだな。無責任な頼みごとをしているとわかっている」

エルは逃げ続けるスピロたちについて情報を集めた後、彼らを救出するために敵のいるエルフの国へ踏み込むつもりだ。

命の保証はない。むしろこれまでの帝国軍の話を聞くに、二度と帰ってこられない可能性のほうが高い。

それでもエルは行くという。自分の命を顧みず、同胞を救うために。そういう決断を、彼は自身に下したのだ。

「西の街にいる同胞に預けることも考えたが、あの子の容姿では危険だろう。だからお前に頼む。無理にとは言わない。できれば」

断ったらどうするのか、とは、恐ろしくて聞けなかった。

「もし無理なら、ビーも一緒に連れて行く」

息が止まりそうになった。溢れる感情をこらえていたら、ひとりでに涙が出てきた。引っ込めようとしたが、止まらなかった。

「……っ」

「ひどい選択をさせてすまない」

嗚咽を飲み込む陽色を、エルの腕が包み込む。

「お前に憎まれる覚悟はしている」

「その言い方が卑怯だよ。俺があなたを憎めないのを知ってるくせに」

詰《なじ》る言葉が口をついて出た。涙と共に、とめどなく感情が溢れ出る。

「俺は……あなたのことが好きなんだもん」

今、言うべきことではないと思ったのに、言ってしまった。

エルが好きだ。男同士で、種族も立場も違うけれど、彼を好きになることの歯止めにはならなかった。

陽色の生い立ちを聞いて、理解して、包み込んでくれるエルが好きだ。彼のいる生活がいつか終わるとわかっていながら、それでもエルに惹かれた。惹かれずにはいられなかった。

「先に言われてしまったな」

苦笑と共に困ったような声が返ってきて、陽色はまた泣いてしまった。エルはそんな陽色の背中を優しく撫でる。つむじに唇が触れた。

「俺もお前を愛している。お前に惹かれている」

囁く声がして、陽色は顔を上げた。綺麗な金緑の瞳が、笑いを含んでこちらを覗いている。

俺の気持ちを知ってるだろう？　というように。

お互い、同じ気持ちなのはわかっていた。あえて言わずにいることも。

「陽色。以前も言ったが、お前は自分が思っているよりずっと優しく善良だ。無垢《むく》と言ってもいい。神に等しい力を持たされ、翻弄されながら、それでもひたむきに、普通に生きようとしている。過去の苦い記憶に今も心を痛めて泣いているお前が、たまらなくいじらしくて愛おしかった」

エルは静かな口調で、真剣に想いを伝えてくれた。

「お前のそばは安心できる。できるなら、いつまでも共に暮らしたかった」

そうすることもできたはずだ。陽色はそれを望んでいたのだから。

でもエルは、あえてつらい道を選ぼうとしている。陽色も、泣いてばかりはいられなかった。

「ビーの気持ちはどうするの。エルと離れ離れになるのをあんなに怖がってたのに」

エルが街に偵察に行くだけでも、置いて行かれると思って泣いていた。

それに、陽色が預かるのを断ったら、危険な場所に連れて行かれるのだ。本人はどう思うだろう。

答える前に、エルは強く陽色を抱きしめた。陽色と同じように、エルもまた、様々な感情が溢れているようだった。

「ビーとはもう、話をした。昨日の夜に。ビーは……ビオン様は、ご自分が最後の王族だということも理解して、覚悟をされている。俺がビオン様の護衛をやめて民たちを救出に行くことも、あるいは俺と共に旅立ち、命を投げうつことも許してくださった」

それを聞いてまた、涙が出た。幼い……まだ五歳のビーは、どこまで現実を理解できているのか。

不安だらけで、恐怖さえ感じながら、ビーは決断を迫られたのだ。

残酷だと思った。でも悪いのはエルではなく、リュコスを滅ぼした帝国軍だ。感情を向ける矛先を間違えるなと、陽色は自身に言い聞かせた。

難しいけれど、冷静にならなければならない。感情を抑え、未来のことも考えて決断を下さなければ。

「俺も、ずっと考えていたんだよ。三日前から……いや、エルとビーがこの家に来て、三人の暮らしが楽しいなって思った時から、ずっと」

いつかこの幸せな暮らしが終わること、その時自分はどうすべきなのか。ずっと悩んでいた。

「エルはさ。俺に、魔法を使ってくれとは言わないんだね」

陽色ならば、旅支度だけではなく、もっと大きな力を使えるのに。

力ずくで脅して、あるいは色仕掛けで籠絡して、陽色を好きなように操ることだってできた。

「言っただろう。その力は神に等しい。その力を振るうには、お前は誠実で優しすぎる。誰かの私利私欲に振り回されれば、お前自身を苦しめることになる。俺はリュコスの民もビーも大切に思っているが、お前のことも愛しているんだ」

陽色は黙ってエルにしがみついた。エルもまた強く陽色を抱き、二人はしばらく無言のまま抱き合っていた。

「エルの言うとおり、俺の能力は万能すぎる。使っても使わなくても苦しめられる」

嫌になって森に引きこもって、確かに気楽ではあったけれど、本当は孤独で寂しくてたまらなかった。

この暮らしを永遠に続けることはできない。続けていたら、きっといつか、おかしくなっていただろう。

運命なんてものがあるなら、エルとビーとの出会いがそれだったのだ。

「ビーを預かって、いつ帰るかわからないあなたを待つのは不安だよ」

うん、と小さな答えが返ってきた。寂しそうな声だった。

「当然だ。俺も、必ず帰ると約束はできない。無責任な頼みだった」

陽色が断ったと思ったのだろう。それでもエルは、恨み言の一つも口にすることはない。情に訴えて、それこそビーを使って、助けてくれと懇願することもできたのに。

きっと彼も迷ったはずだ。たくさん悩んで、今の結論を出した。陽色を利用するのではなく、守ろうとしてくれている。

「お前に出会えてよかった。お前が俺とビーの命を繋げてくれた。本当にありがとう」

「俺も、あなたたちに出会えてよかった」

別れの気配を感じて、陽色は顔を上げた。真っすぐに相手を見つめると、エルはその視線の強さにやや戸惑った顔をした。

「あなたとビーのおかげで、俺もやっと前に進める。森を出て、あなたたちについて行く。俺も一緒に連れて行って」

エルの目が、驚きに見開かれた。相手に戸惑いの表情が見えても、陽色は目を逸らさなかった。

「今、前に進まなかったら、この力を使わなかったら後悔する。以前の子供たちの時よりもっと。後悔ばかり抱えて生きていくのは、もう嫌だ。それに、あなたとビーと離れたくない」

きっぱりと言い切ると、エルは陽色を見つめたまま息を詰めた。やがてくしゃりと顔を歪ませる。

「俺もだ。本当は、お前ともビーとも離れたくない」

陽色を抱きしめ、掠れた声でつぶやく。陽色も再び、エルの身体に腕を回した。

「……一緒に来てくれ。そして俺を、俺たちを助けてほしい」

絞り出すような声で、エルは言った。陽色の過去の葛藤を知っている彼が、その言葉を口にするのは勇気がいったはずだ。

それでも、言葉や気持ちをうやむやにしない。そんな誠実なエルだから、陽色も惹かれ、助けたいと思ったのだ。

「うん。協力するよ。三人で、リュコスの人たちを助けに行こう」

後悔しないために、自分のこれからの人生のために、前に進む。

エルとビーと出会って、その決意ができた。二人に出会えてよかったと、改めて陽色は思った。

決意を固めた後も離れがたくて、二人はしばらく抱き合っていた。

「今夜は二階で、三人で寝るか」

その提案に、陽色はエルの身体にしがみつきながら、こくこくうなずく。エルの温もりが気持ちいい。もっと甘えたい気分になって、エルの胸板に頬をすり寄せた。

「今日は甘えん坊だな？」

くすっと笑う声がする。エルはそこで抱擁を解き、陽色の脇を抱え上げた。あっという間もなく、自分の膝の上に陽色を乗せた。

「もう少し、このままでいていいか」

陽色がエルをまたぐ形で向かい合わせになっている。男臭い美貌に下から覗き込まれ、ドキドキしてしまった。

「う、うん。でもちょっと、この体勢が恥ずかしい、かも」

「恥ずかしい？　なぜ？」

いたずらっぽく尋ねるエルは、そこで陽色の腰を抱き寄せ、深く座らせた。

わざとだろう。さっきから尻のあわいに、エルの股間がぐりぐり押し付けられている。それは次第に大きくなっていて、つられて陽色も下半身がうずうずしていた。

「エルってもっと、真面目だと思ってた」

「俺は真面目なつもりだ」

「なんか……やらしい」

恥ずかしくて不貞腐《ふてくさ》れたような口調になってしまった。エルはクスクス笑う。

「好きな相手が膝の上にいるんだ。欲情するさ」

言いながら、腰を揺すってみせる。それがセックスの時の動きのようで、陽色は自分の呼吸が浅くなるのを感じた。

「こういう意味でお前が好きだ。お前の善良さや温かさには心が安らぐが、お前の柔肌に触れたり、匂いを嗅ぐと理性が抑えられなくなる」

首筋にエルの唇が当たった。スン、と首の匂いを嗅がれて、恥ずかしくてたまらない。

「匂い、って」

「いい匂いだ。甘くて、かじりつきたくなる」

言葉どおり、エルは軽く首に歯を当ててみせた。くすぐったくて、ドキドキする。

「……エルの変態」

小さくつぶやいた途端、身体がふわりと浮いて体勢が入れ替えられ、陽色はソファの上に押し倒されていた。

「誘ってるのか？」

覆いかぶさるエルの口調はやや冗談めかしていたが、その目は熱っぽく、硬い昂《たかぶ》りを下腹部に押し付けられた。

「誘ってない！　っていうか……するの？」

これはもしかしなくても、エッチをする流れではないだろうか。

陽色の身体ももう、エルの熱に浮かされて昂っていたけれど、その先の行為を想像するとちょっと怯《ひる》む。

恋愛経験ゼロでエッチももちろん未経験、エルと出会うまで、自分が男同士で恋愛するなんて考えてもみなかった。

同性と恋愛、というのはこの際どうでもいい。普通の高校生が異世界に飛ばされるなんてことがあるのだから、異性愛者だと思っていた自分が同性愛者になるくらい、何の不思議もない。

問題は別にある。

「あの、さ。この場合、エルが俺に入れるってことだよね」

自分の性器に擦り付けられるそれを意識しながら、陽色はおずおずと尋ねた。服の上からでも大きいとわかる一物を、いきなり受け入れられるものだろうか。

「ふ、ふふ……」

エルはどこか、面白がるように陽色を見下していたが、やがてこらえきれないというように、笑い出した。

「なんで笑うんだよ」

こっちは真剣なのに。ぺしっと背中を叩いて文句を言ったら、「すまん」と笑いながら返された。エルは肩を震わせ、陽色の上に突っ伏す。さらに笑いながら、首筋をガブガブと甘噛みされた。

「お前が可愛すぎて、どうしたらいいのかわからない」

「バカ言ってる」

恥ずかしくて、ぺしぺし叩いてやった。エルはなおも笑う。足を絡められ、全身を拘束するみたいに力いっぱい抱きしめられた。

「本音を言えばお前を抱きたい方だが、それは公正ではないだろう？　まあ、どのみち今夜はそこまでするつもりはないが」

「そう、なの？」

ホッとしつつ、がっかりする。陽色の声音にそうした感情が滲んでいたのか、エルはクスッと笑って顔を上げた。甘やかな目で陽色を見下ろす。するりと頬を撫でられた。

「欲望のままねじ込んだら、お前の身体が壊れてしまう。急いでする行為でもないし、快楽を共にするなら他にもやりようがある。たとえばこんなふうに」

言ってエルは、軽く腰を浮かせると、自身の屹立《きつりつ》を陽色のそれに擦り合わせた。

「んっ」

スウェット越しだが、感触が生々しい。ぞくりと快感が走って、陽色は思わず声を上げる。

エルはさらに何度か腰を揺すり、陽色の乳首を服の上からつまんだ。

「あっ、やっ」

さらなる快感が走り抜ける。そんなところが感じるなんて、知らなかった。

「感じるか？」

「いっ、言わないで」

恥ずかしさと快楽に身をよじると、エルはあやすように頬を撫で、唇をついばんだ。

「もう少しだけ、先に進んでもいいか。直《じか》に触れ合いたい」

優しい声だけど、金緑の瞳は熱を帯びたままだ。陽色はこくりとうなずいた。

「いい……けど俺……よくわからないから、任せてもいい？」

頬に触れるエルの大きな手を握り、そっと窺う。エルの喉仏が、ごくりと上下した。

「ああ」

相槌なのかため息なのかわからない声が、エルの喉の奥から洩れた。

陽色にそっとキスをすると、陽色の腰を撫でた。

「直に触れていいか？」

掠れた声が耳朶《じだ》をくすぐる。エルはどこに触れるのか言わなかったが、陽色は小さくうなずく。彼はまず、自分のスウェットのズボンに手をかけた。

ブルン、と勢いよく巨根が跳ね上がる。その大きさに息を呑む間もなく、陽色のズボンがずらされる。

二人の性器が触れ合い、陽色はエルのその熱さと大きさにうろたえてしまった。

「あの、あのさ。萎えない？」

「萎えるとは？」

エルのほうは取り乱すこともなく、相変わらず熱のこもった目で陽色の顔や身体を見下ろしている。いや、先ほどより息が荒く、眼差しも慈しむような色から、飢えた狼が肉にかぶりつくような獰猛さを宿していた。

「俺、男だし。裸を見たら、萎えるかと思って」

今さら何を言っているのかと、自分でも思う。

「今さらだな」

エルもやっぱり、そう言って笑った。二本の性器を大きな手の中に収めると、ゆっくりと扱《しご》き上げる。同時に腰を揺すった。

「う、あ……っ」

「萎えてるか？」

竿を扱かれ、裏筋が擦れ合うと、陽色の口から声が漏れる。エルは陽色の反応を見て、獰猛な笑みを浮かべながらなおも手と腰を動かした。

「お前の心配していることはわかる。周囲の国と同じように、俺たちの国も、同性同士で愛し合う者の数は、それほど多くはない。俺も以前は自分が同じ男を愛することなど、想像もつかなかった」

エルは話しながらも、陽色に愛撫を施していく。幾度もキスをされ、性器だけでなく空いた手で乳首をひねられ、陽色はたちまち追い詰められた。

「だがお前に出会って、愛しいという気持ちが芽生えた。ただ友情を深めたい、庇護《ひご》して守りたいというだけではない。こうしてお前と快楽を分かち合いたい。そんな愛しさが」

「あ、エ、エル……んっ」

もう達してしまいそうだ。目で訴え、それ以上追い詰めないでと大きな手を押しとどめようとするのに、エルは止まってくれない。

陽色の訴えは届いていて、陽色が哀願するのを見て、さらに興奮しているように見えた。

「種族も性別も、生まれた世界も関係ない。お前という存在と出会えたことが嬉しい。……ヒーロ、愛している」

最後の言葉が囁かれた時、陽色の頭の中は快楽と幸福でいっぱいになった。

「エル……エル」

好き、とつぶやいたと思う。エルの手がさらに陽色を追い上げ、脳が痺《しび》れるような恍惚《こうこつ》の中、陽色はエルの手の中に射精した。

びくびくと絶頂に震える陽色を抱きしめ、エルもぐっと息を詰めた。動きが止まり、どっと腹や性器に熱いものが叩きつけられる。

エルの精液は、その性器の大きさに見合った量だった。大量の白濁を受け、陽色はうっとりしてしまう。

「エル、好き。大好き」

温かく大きな身体にしがみついて、繰り返した。陽色が腕に力を込めると、エルの抱擁も強くなる。

二人は大きく息をつきながら、強く抱き合った。

身体も心も満たされていて、幸せだった。


翌朝、起きてきたビーに、陽色がスピロ救出に同行することを伝えた。

「ほんと？　エルもヒーロといっしょ？　みんな、はなればなれにならないの？」

ジャム付きのマフィンを食べていたビーは、話を聞くなり耳を震わせ、目に涙をいっぱい溜めて聞き返した。

ジャムのついた手でくしくしと目を擦ろうとするので、隣のエルが濡れたお手拭きでビーの手を拭いてやる。

「ええ、本当です。ヒーロも一緒に旅をすることになりました」

「俺と留守番の案はなくなって、この森での生活はできなくなるんだけど」

「ううん、みんないっしょでうれしい。ここは天国みたいだけど、エルとヒーロと三人いっしょがいい」

それを聞いて陽色は、絶対にビーを守りたいと思った。もうこれ以上、つらい目に遭わせたくない。

昨夜、エルと居間のソファでエッチをした後、二人でシャワーを浴びて、その時に少しだけ今後の話をした。

陽色はエルたちと、スピロ一行を救出する手助けをする。でも、どうやって助けるのか、どうなればゴールなのかは、陽色にもエルにもまだわからない。

だから陽色も、必ず助けるとか、絶対に誰も死なせないなどとは断言できない。エルにそう伝えた。

何も始めないうちから予防線ばかり張るようだけど、エルやビーを落胆させたり、まして彼らから憎まれる事態になるのは嫌だった。もっと言えばまだ、自分の力がもたらす結果に怯えていた。

「ヒーロ、もしつらくなったら、途中で離脱してくれ。それでいいんだ。お前がすべての責任を負うことはない。途中で抜けたからといって、負い目を感じることもない。今、一緒に来てくれると決意してくれた。それだけでじゅうぶんなんだ。お前の力はすごい。だが今後も、俺はお前に過剰な期待はしないようにする。約束する」

浴室で抱きしめられ、そう言われて、陽色は泣いてしまった。

エルは陽色の弱さに苛立ったり、怒ったりしない。理解して逃げ道を作ってくれる。

嬉しくてホッとした。バスルームを出た後、エルに連れられて二階に行き、エルと同じベッドで眠った。

朝起きた時、ビーはびっくりしていたっけ。

「ビーにも前に話しましたが、スピロ殿一行を助けに行きます。ただし、すぐには出発しません。いろいろ準備をしないといけませんからね」

マフィンを飲み込んで、まだ喜びでプルプル震えているビーに、エルは優しく伝えた。

「先月、街に偵察に行く前と一緒だね。二人で話し合いをして決めごとをして、さらに準備をして、出発はそれからだ」

スピロたちの置かれている状況を思えば、今すぐにでも助けたい。エルも同じ思いだろう。

しかし、気持ちだけで飛び出すのは無謀だ。

今すぐ出かけるわけではないということを、エルと陽色とで重ねて説明すると、ビーは心底ホッとした顔をした。

それを見て、陽色は胸が痛くなる。これから、ビーが「天国みたい」と形容した森の暮らしを捨て、過酷な旅に戻る。

陽色がチートでつらい思いをさせないよう努力するけれど、実際にどうなるかは約束できない。

いくら覚悟を決めたと言ったって、大人だって不安だし怖いのだ。なのに決して弱音を吐かないビーが不憫でならなかった。

(全力でいこう)

目の前のビーを見て、そう思った。陽色も覚悟を決めた。

持てるチートを全開にして、ご都合主義のフィクションも真っ青の結果を出してやる。

これまでの放浪生活で、戦争を見てきた。孤児院に置いてきた子供たちのことがあってからは、ほとんど誰にも手を貸さなかったし、貸したとしても全力ではなかった。

陽色は誰の味方でもなかったし、どれが正義なのかもわからない。みんなそれぞれがそれぞれの立場で、正義を語る。真実は一つではなく、誰かの正義は別の誰かの悪だった。

結局は、自分が何を選びたいかなのだ。エルとビーという大切な人たちができて、陽色はそんなふうに考えるようになった。

陽色は、エルとビーを守りたい。二人が平和に暮らせるようにしたい。陽色の正義は、ただそれだけだ。

「エルは、昨日まではどんな計画を立ててたの？」

朝食を終え、お茶を淹れ直して居間に集まった。エルとビーがソファに座り、陽色はソファテーブルを挟んで別の椅子に座る。

昨夜、ここでエルとエッチをしたことを思い出し、一瞬だけ照れ臭くなった。エルと目が合うと、彼は甘く微笑んだ。エルも昨夜のことを思い出したのだ。

「ねえヒーロ。ぼくのお茶にジャムを入れてもいい？」

ビーが無邪気に言い出さなかったら、悶々《もんもん》として話が進まないところだった。

「もちろん。ジャムを入れると美味しいよね。俺も入れよっと」

ビーはリンゴ、陽色はイチゴジャムをお茶に入れ、気を取り直したところで作戦会議を始めた。

「計画と呼べるほどのものはないが、エルフの国の国境近くに向かい、道中で情報を集めるつもりだった。西の街で男から聞いたことが確かなら、もっと多くの者が噂を聞いているはずだ。ある程度、スピロ殿が潜伏している場所に当たりをつけ、それからエルフの国に密かに入り込むつもりだった」

エルの話に、陽色は黙ってうなずく。

そう、圧倒的に情報が足りない。助け出す相手が今どこにいるのか、そもそも生きているのかさえわからないのだ。

本来であれば、さらなる情報収集をしなければならないところだ。とても時間がかかる、危険な仕事だろう。

……本来であれば。

「エルとビーに、謝らなきゃいけないことがある。エルが、西の街での諜報活動を一旦お休みするって言った直後に俺、スピロさんが生きてるか死んでるかだけは、魔法で調べたんだ」

スピロ一行の現状をたった一人で確認するのは、陽色にとって本当に恐ろしい作業だった。

だから、スピロの生死だけを調べた。生か死か。白か黒か。それしか調べる勇気がなかった。

「それで……どうだった」

エルの顔に一気に緊張が走った。陽色は急いで結論を口にする。

「生きてるよ。今朝も確認した。スピロさんは今も生きてる」

それを聞いた途端、エルはほうっと大きく息をついて脱力した。

「よかった……」

「うん、よかった」

ビーも耳を震わせて喜んでいる。エルは「よかった」と繰り返し、ビーと抱き合った。

「こんな重要なこと、黙っていてごめん」

スピロの無事を、エルは何より知りたかっただろう。自分が傷つくのが怖くて、またずるをしてしまった。

申し訳なく思っていると、「いいや」と、エルは穏やかな声で顔を上げた。

「無事だとわかってよかった。ヒーロが謝ることなど何もない。調べてくれてありがとう」

ビーも兄に続いて「ありがとう」と、嬉しそうに言ってくれた。

陽色は目が潤みそうになって、急いでかぶりを振った。気持ちを落ち着かせるために、大きく息をつく。

もう、ウジウジしない。前に進むと決めたのだ。

「俺もずっと迷ってた。もしかしたら、一緒に助けに行くことになるかもしれないって思って、魔法の構文も考えてたんだ。……今、魔法で大きい地図を出すね」

陽色はそう言って立ち上がると、エルとビーの座るソファに移った。ビーの隣に腰を下ろす。

「この世界の地図とは違うから、驚かないでほしい。俺の世界の『グルグル・マップ』っていうのを真似したんだけど」

最初に二人に断ると、魔法の呪文を唱えた。途端、陽色たちが並んで座る目の前に、『グルグル・マップ』そっくりの地図画面が浮かび上がった。『グルグル・マップ・異世界版』である。

「空中に地図が」

「わあ、すごい」

二人ともびっくりしてのけぞり、驚きと感嘆の声を上げた。

陽色はスマートフォンを操る要領で、空中に映った画面をスワイプし、さらに拡大した。

「このエリアが、エルフの国。エルは見てわかると思うけど。それから……今から現れる印が、スピロさんの現在地だ」

陽色は再び日本語で魔法の構文を唱えた。検索用の入力バーが地図の端に現れ、『スピロ』と、大陸の言葉で音声入力される。一瞬のローディング時間の後、地図が下の方に移動して、黄色い色のピンが現れた。

陽色がピンをタップすると、『スピロ・リカイオス』という名前と共に、五十代くらいの獣人の男性の顔写真がポップアップされた。

息を呑むエルと、「すごい」と興奮して前のめりになるビーに微笑みかけ、また日本語の呪文を唱える。

黄色い色のピンの周りに、おびただしい数の青いピンが表示された。

「この青い印が、スピロさんと一緒にいるリュコス人たち」

「かなりの人数がいるな」

エルの声には、喜びと戸惑いが入り混じっていた。陽色も意外だった。

スピロの黄色いピンを中心に、青いピンの群れが大きな塊を作っている。青いピンは地図上で重なり合うくらい多く、一目では数が把握できない。

陽色は生存者の数を表示させる呪文を唱えた。

「青い印……生存者は二千十一人？　スピロ殿はこれほどの人々をよく……」

エルがつぶやく。陽色はうなずきながら「どんどんいくね」と、断って構文を唱えた。

そうして、次々に情報を可視化していく。スピロ一行がどのような経路を辿ってここまで来たのか、青いピンの生存者たちは今、どのような生活状況なのか。帝国軍の動向について。

淡々と進めていたが、本当は勇気のいる作業だった。検索した結果が、喜ばしいものとは限らない。検索してから結果が表示されるまではほとんど一瞬だったが、その一瞬の間が恐ろしかった。

二千人余りに及ぶスピロ一行は今、エルフの国の南東部にある山岳地帯にいた。東に山を下れば隣国との国境があり、南に山を下れば海になる。

はじめ、教会の信徒と共に国を出たスピロ一行は、三百人ほどだったようだ。

それが途中で離脱したり、また別に逃げていたリュコス人たちが合流したりして、結果として今の人数になった。

スピロはエルフの国に保護を求めていたようだが、それは叶わなかった。エルフの国は自国に累が及ぶことを恐れ、受け入れを認めなかったのである。

それからほどなくして、帝国軍がエルフの国の許可を得て、リュコス人掃討のための派兵を開始した。

スピロ一行はエルフの国で追われる立場となり、国内で最も奥深い南東部の山岳地帯へと逃げ込んだようである。

あえて険しい山を登り、山林の中に集落を設けて身を隠した。今から数か月前のことだ。帝国軍の追っ手の報《しら》せを聞いてすぐ、山に入ったおかげで、一行は二千人という大人数にもかかわらず、逃げ切ることができた。

今は湧水や小川のわずかな水と、山の獣や実りで生き延びている。二千人余りの人々を組み分けし、それぞれの組にリーダーを置くなど組織化し、極限の中でも秩序を保つ努力がされていることもわかった。

これらをすべてスピロが先導したというなら、彼はエルが言ったとおり、かなり頭が切れる人物だ。

しかし、帝国軍は確実に迫っていた。

「帝国からの追っ手は赤いピンで表示した。もう山の麓まで来てる」

「こちらも予想以上の人数だな。スピロ殿たちはうまく身を隠しているようだが、山に入られたら見つかるのも時間の問題だ」

陽色とエルの緊迫した声音に、真ん中に座るビーが、ぎゅっとマグカップを持つ手に力を込めていた。

エルはもう、陽色の魔法に驚くこともなく、ただ画面に表示される情報を食い入るように見つめている。

「敵も迫っているが、スピロ殿たちも限界だ。皆、疲弊しきっている」

二千人の人口の内訳を見ると、年寄りや子供も交じっていた。

時間に猶予はない。これだけの人たちが生きているとわかった以上、一刻も早く救出に向かうべきだ。

「早く助けなきゃ」

陽色が言うと、エルとビーは真剣な表情で同時にうなずいた。


森の家は、そのままにしておくことにした。

また帰ることがあるかどうかわからないけれど、いつでも逃げ込める場所があるというだけで、気持ちが楽になる。

この家は建てた時に保存の魔法をかけてあるから、無人でも荒廃することはないし、食べ物が腐ることもない。家庭菜園は時間を止めておいた。

スピロたちの情報を得た後、エルと救出に関して細かなことを話し合い、それから出発の準備をした。

基本的には、西の街に三人で買い物に行った時と同じような装備だ。でも、とにかく防御の魔法はたくさんかけた。

世界が滅びても、三人は生き残れるんじゃないか、というくらい魔法をかけ、さらに無限に収納できる鞄《かばん》を三つ作り、エルとビーにも持たせた。

中にはもちろん、食料や水をたっぷり詰めてある。ビーの大好きなリンゴジャムも、エルの好きな度数の高い酒もだ。

鞄は絶対壊れないし、なくさない。持ち主だけが使用することができる。

「これなら、ビービーを落としたりしないね」

ビーの鞄は彼の身体に合わせ、斜め掛けの小さなポシェット型にした。表のカバー部分に狼のアップリケをつけてある。

ティッシュケース一つ分くらいの重さのそれを身に着け、ビーは嬉しそうに飛び跳ねた。

エルは本人の要望で大きめのリュックタイプ、陽色は斜め掛けタイプにした。

最後に陽色は、二人にネックレスを渡した。革紐と小石の簡素なものだ。

「三人お揃い。これで通信ができる。それから俺がいなくても、この森の家にも自由に行き来できるようにしておいた。森の家に入れるのは、この三人限定だけどね」

「いいのか？」

森に引きこもった経緯を知っているエルは、陽色を心配する様子で言った。

「うん。エルとビーはもう、俺の家族みたいなものだもん。……あ、これは俺が勝手に思ってるだけだけど」

ビーが大きく目を見開いたのを見て、陽色は慌てて付け加えた。エルと想いを通じ合わせたことを、ビーは知らない。いきなり家族と言われても戸惑うと思ったのだ。

けれどビーは、ビービーを抱きしめて「うれしい」と、言ってくれた。

「ヒーロと兄うえと、三人でかぞくだね」

「ええ。大事な家族です」

エルも言葉に力を込めて言うので、陽色はほろりとしてしまった。

「ありがとう。それじゃあ、家族の大切な人たちを助けに行かなくちゃね」

準備は整った。三人はめいめいの鞄を持って玄関を出る。庭先に立ち、陽色は二年暮らした家を振り返った。

そうしようと思えば、いつでもここに戻ってこれる。寂しさがこみ上げかけて、陽色は自身にそう言い聞かせた。

「……行ってきます」

小さくつぶやいて、感傷を振り切る。それから、三人で輪になって手を繋いだ。

「二人とも、心の準備はいいかな。……じゃあ、行くよ」

エルとビーが黙ってうなずくのを見て、呪文を唱えた。

空気の匂いが変わり、ひんやりと冷たい風が頬を撫でる。ログハウスと家庭菜園は消え去り、鬱蒼とした木々が三人の周りを取り囲んでいた。

時刻は夕方で、日の落ちかけた山の中は薄暗く空気は冷たい。陽色たちは衣服に温度調整ができる魔法をかけているが、着の身着のままの人々には厳しい寒さだろう。

周りに人の気配はない。

魔法で現れた瞬間をスピロ一行に見られないよう、わざと人のいない場所に移動したからだ。

「ここから少し山を下りた場所に、スピロさんがいるはずなんだけど」

「ああ。下から人の気配がする」

エルがぴくぴく耳を震わせながら言った。それからビーを抱き上げて、先を歩く。陽色が後に続いた。

陽色の耳も鼻も、エルとビーには劣っていたが、そんな陽色でもやがて、スピロ一行の隠れ集落が近づいていることに気づき始めた。

山林は大勢の人が潜んで暮らしているとは思えないほど静まり返っていたが、臭いは隠しきれない。汗と垢《あか》の饐《す》えた臭いが、次第にはっきりと漂ってくる。

それは陽色が世界を放浪していた時、さんざん嗅いだ臭いだった。

もうすぐ集団に辿り着く。そう陽色が思った時、不意にエルが腕からビーを下ろした。

「陽色、すまないがビーを頼む。二人とも、俺の後ろに下がっていてくれ」

どうしたの、と尋ねる前に、ビーが陽色の手を掴んでトコトコと後ろに退いた。エルが腰に下げていた剣を鞘から抜く。

エルが剣を構えたのと、前方の草むらが動いて何かが飛び出してきたのとは、ほとんど同時だった。

ガキンと金属のぶつかる音がして、陽色は音からビーを遠ざけるように、彼を抱いて背中を向けた。一閃、二閃と剣を打ち合い、エルの「待て」という鋭い声が上がった。

「我々は味方だ。リュコス人だ」

打ち合う音が止まり、陽色が恐る恐る振り返ると、エルの前方に剣を持った獣人の男が二人、立っていた。エルは二人と打ち合っていたのだ。

「あなたは……」

男の一人が、エルの顔を見てハッとした。それから奥にいる陽色と、その腕の中のビーに視線を向け、さらに驚いた顔をする。

エルは剣を鞘に戻し、冷静な声で言った。

「貴公は武官だな。私はルー家の嫡男、イオエル・ルーだ。ビオン・リュコス殿下、それに我が伴侶のヒーロと共に馳《は》せ参じた。スピロ殿にお目通り願いたい」

エルがしれっと、「伴侶」という言葉を使うのを聞いて、陽色はそんな場合ではないのに顔が熱くなる。

最初に声を上げた男が改めて陽色を見つめ、もう一方の男も「伴侶……」と、小さくつぶやいた。

リュコス人たちが築いた集落は、布で簡易的な天幕を張ったり、木や枝を組んで屋根を作ったりして、少しでも過ごしやすいように懸命に工夫しているようだった。

しかし皆、痩せ細っていて疲労の色が濃い。

それはこの一団の統率者、スピロも例外ではなかった。

「イオエル殿。それに、おお……ビオン様。よくぞ……よくぞご無事で」

陽色たちが最初に会った男たちに連れられて、集落に入った時、スピロは粗末な天幕の中にいて、若い男と何やら真剣に話し合いをしていた。

天幕に入ってきたエルとビーを見て、信じられないという顔をし、まぼろしか夢を見ているのかと、半ば本気で自分を疑っていた。

エルほどではないが、スピロも長身でがっしりとした体格をしており、武官と言っても通るくらいだった。

けれど他の人々と同じように、今は痩せていて目が落ち窪《くぼ》み、顔には疲労の色がありありと出ていた。髪や口髭には白いものが目立ち、眉間には深い苦悩の皺が刻まれている。

スピロはエルとビーの姿がまぼろしではなく、本物だとわかるや、嗚咽をこらえて先の言葉を絞り出した。

「お二人が生きていて、本当によかった。……すみません」

最後につぶやき、彼は手で顔を覆った。肩が震え、泣いているのがわかる。彼はその後も何度か「すみません」と謝り、溢れる涙を制御できないようだった。

彼も限界だったのだ。エルは黙ってスピロに歩み寄り、その肩を抱いた。陽色とビーはその横で、ぎゅっと互いの手を繋ぎ合っていた。

スピロはもう、そのまま気持ちが崩れてもおかしくない状況だっただろう。けれど彼は速やかに立ち直り、ビーと手を繋いでいる陽色を見た。

「この方は？」

「彼はビオン様と俺の命の恩人で、今は俺の伴侶だ」

エルが言って、こちらを振り返る。陽色と目を合わせ、うなずいた。

陽色は、全身をすっぽり覆うコートを羽織り、頭にはフードをかぶっていた。そのフードを取ると、スピロやその隣にいた若い男、それに陽色たちをここまで案内した武官の男が、皆一様に「あっ」と驚いた声を上げる。

「人族……」

スピロの隣の男がおののいたようにつぶやくので、陽色はひやりとした。エルが陽色を守るように前に出る。

「顔立ちの特徴や肌の色を見てわかるとおり、彼は帝国人とは異なる民族だ。彼は別の大陸にいたが、魔術師だったために人族の国でいわれなき迫害を受け、この大陸まで逃げてきた。俺とビオン様を助けた後、リュコス人の窮状を知り、我々と共に来ることを決意してくれた」

「ヒーロは、ぼくとイオエルのかぞくなの」

陽色は人族だけど、リュコス人の敵ではない。ビーも必死に訴えてくれた。

陽色も黙っているわけにはいかない。

「あの、初対面で信じられないのも無理はないですが、俺にとってこの二人は、かけがえのない存在なんです。この二人と一緒に、この場にいるリュコスの人たちを救出するのを、手伝わせてください。どうかお願いします」

深々と頭を下げると、スピロたちの無言の戸惑いが伝わってきた。

「協力してくださるのはありがたい。ビオン様とイオエル殿に生きてお会いできたことも、この上ない喜びでした。だがしかし……いかんともし難い状況なのです」

「それは、この山中での生活についてか？」

エルが慎重に尋ねた。スピロも慎重に答える。

「むろん、それもありますが」

「では、帝国軍が山麓まで迫っていることについてか」

エルの言葉に、スピロとその部下たちが動揺した表情を見せた。お互いに顔を見合わせる。彼らの様子を見るに、帝国軍が迫っていることを知っているようだった。

スピロが再びエルを見た時、その目には不安と猜疑の色が混ざっていた。

「なぜ帝国軍の動きをご存じなのか、窺っても？」

「我々が知っていると、おかしいか」

「あなた方を案内したこの者は、西の守り。したがってイオエル様たちは、西側から山を登ってこられたはずです。無礼は承知の上でお尋ねしています。どうかお答えいただきたい」

北の麓から進軍してくる帝国軍の動きを知るのは、難しいだろうと言うのだ。北から登って西に迂回《うかい》して現れる手もあるだろう。ならばなぜ、味方に合流するのに、そのような面倒な偽装をしたのかという話になる。

スピロたちが訝《いぶか》しみ、猜疑の目を向けるのは当然のことだ。そしてその慎重さが、二千人余りのリュコス人たちを救ってきたのだろう。

エルももちろん、自分たちを疑うスピロを怒ったりしない。

「スピロ殿のお疑いも、もっともだと思う。我々がどこからどのようにやってきたのか、俺が王命を曲げてビオン様と共にここに来た理由も、すべて包み隠さず打ち明けたい。だがこちらにも事情がある。まずは人払いをお願いできないだろうか」

そこでまた、スピロとその部下たちが動揺を見せた。若者が何か言いかけるのを、隣にいるスピロが制する。エルがそれを見て静かに付け加えた。

「後でスピロ殿が、彼らに話すのは構わない。ただまずはスピロ殿に相談し、判断を仰ぎたいのだ。天幕の外にいてくれるだけでいい。どうか頼む」

最初にスピロに陽色の力を打ち明ける。これは、森の家を出る前に、エルと話し合って決めたことだ。

エルがスピロの周りの人たちに向かって頭を下げたので、陽色もそれに倣った。ビーもぺこっとお辞儀をする。

幼いビーが頭を下げたのと、エルの頭ごなしではない、真摯な態度が功を奏したのか、その場の雰囲気がわずかに和らいだようだった。

「わかりました。それではまず、私だけで話を聞きましょう」

スピロが決断してくれた。エルも陽色も、ホッと息を漏らす。その場にいたスピロの部下たちは、まだわずかに気がかりそうな顔をしながらも、黙って天幕の外へ出てくれた。


スピロへの説明は、主にエルがしてくれた。陽色は横にいて補足するだけでよかった。

人払いを済ませた天幕の中で、あらかじめエルと相談しておいた陽色のプロフィールを打ち明けた。隠すことはあまりない。ほとんどすべて、スピロには話すことになっていた。

エルは、スピロなら信じられると言う。その言葉を陽色も信じることにした。

スピロに陽色の素性を打ち明け、その上で、他のリュコス人たちにどのように陽色を紹介するべきか、そしてこの場にいる流浪のリュコス人をどこに逃がすか、知恵を借りる。

森の家で決めておいたことだった。

エルがわかりやすく簡潔に説明し、スピロは真剣に耳を傾ける。

ここととは別の世界の住人だったこと。人族の国に召喚され、役立たずだと追い出されたこと。この大陸まで漂流し大森林に引きこもり、エルとビーと出会ったこと。出会ってからのこともすべて。

陽色のチート能力については、はじめのうち、スピロも想像できていないようだった。

「召喚術も話には聞いていましたが、すでに失われた古代の呪法だったはずです。かつては今よりもっと高度な魔術が存在し、盛んに使われていたとか。今は主に火をおこしたり、夜の明かりに使われるのがせいぜいですな。それも動力と魔術回路が複雑なため、この大陸ではエルフの国か、帝国の王侯貴族が使う程度です。一人の人間が万能な魔術を使えるとは、にわかには信じがたい」

そこで陽色は、自分用にあつらえたリュックの中から、マグカップ一杯の温かいホットドリンクを出してみせた。

スピロはリュックから中身入りのマグカップが出てきたことに驚き、幻ではないかと疑うように、ためつすがめつしていた。

「どうぞ、飲んでみてください。元気になる魔法をかけてあります」

「ぼくが好きなやつなの。ぼくもおねつが出てすごくくるしかったとき、これで元気になったんだよ。スピロもこれで元気になって」

ビーが身を乗り出して言う。幼い王子の言葉に、スピロは恐る恐るカップに口をつけた。

一口飲んで目を瞠り、二口、三口と飲んだ後、涙をこぼした。

「申し訳ありません。甘いものを口にしたのは久しぶりだったので。これを……外の者たちにも飲ませてやっていいでしょうか」

自分一人で飲むのは忍びないと言う。スピロの人柄がうかがえた。

「他の人の分もあるんです。だからそれは、スピロさんが飲んでください」

「これから、貴殿の力をお借りしなければならないのだ。まずは少しでも、溜まりに溜まった疲れを癒してほしい」

陽色の言葉に、エルが援護する。スピロはいったん目を伏せ、決意したようにマグカップの中身を飲み干した。

カップが空になると、スピロの顔色は目に見えてよくなった。「おお」と、本人も感嘆の声を上げる。

「本当に疲れが取れました。身体のこわばりが取れて、今ならよく眠れそうだ」

ずっと神経を張りつめていて、休まる時がなかったのだ。少し前のエルやビーと同じで、できればゆっくり休んでほしかった。

でもまだ、スピロの力を借りなくてはならない。スピロも話はこれからだとわかっているようで、ひとしきり身体の変化に感心した後「それで」と、自ら切り出した。

「私の力を、とイオエル様はおっしゃられましたが、私のような老僧がお役に立てることなどあるでしょうか」

「もちろんだ。スピロ殿は、俺にない才智をお持ちだ。どうかそのお知恵をお借りしたい」

エルは真剣な眼差しで言い、スピロに頭を下げた。

「ヒーロは神にも等しい力を持っているが、それを除けば普通の青年だ。それも善良な。ゆえに、長くこの力に翻弄されてきた。リュコスの民も大切だが、ヒーロ一人を犠牲にするのも間違っている。ヒーロは好意の協力者であり、生贄《いけにえ》ではないのだ。俺の大切な伴侶で、家族でもある。俺は愛しい者が誰かに利用され、付け込まれて傷つくのを見たくない」

スピロの目が、ちらりとこちらを見る。陽色も真っすぐに彼を見返した。

「ここにいるリュコスの民を、ヒーロは白分の力を使って助けると申し出てくれた。俺はリュコス人とヒーロ、両方を大切にしたい。そのためにどうすればいいのか。我々はどのように動くべきなのか、どこへ行くべきか。スピロ殿の考えをお聞きしたいのだ」

薄い天幕の向こう側に、スピロの部下たちの気配がする。すぐ間近に彼らがいるが、声は聞こえていない。こちらの声を隔絶する魔法を、陽色がかけておいたのだ。

どれほど耳を澄ませても中の音は聞こえないから、きっと外の部下たちはやきもきしているだろう。

エルが言葉を切ってから、スピロは少しの間、自分の手元を見つめて考え込んでいた。

やがて顔を上げ、まず陽色を見た。

「イオエル様の仰《おっしゃ》ることは、理解できました。ヒーロ殿もご苦労をされてきたのですね。人々から頼られ、命を預かる重責は半端なものではありません。それは私にもよくわかります」

そう言ったスピロは、まだ疲れた目をしていた。身体の疲労は魔法で癒えたけれど、心が疲れているのだ。ここまで孤立無援の中、二千人余りの命を預かってきたのだから、当然だ。

それでもまだ、仲間のために崩れずに耐えている。すごい人だと、陽色は感嘆した。

「人に手を差し伸べることの難しさを理解しながら、我々リュコス人のために立ち上がってくださった。ありがとうございます。そしてイオエル様、ビオン様も」

頭を下げるスピロに、陽色は恐縮し、エルはスピロの手を取った。

「俺からも礼を言わせてほしい。ここまで、一人でよくぞ耐えてくださった」

スピロはくしゃりと顔を歪ませたが、泣きはしなかった。ぐっとこらえ、目を伏せる。再び開いた時には、強い光が宿っていた。

「御三人方はもう、私たちの仲間です。ヒーロ殿だけにすべてをゆだねはしません。みんなで逃げ延び、平穏な日々を手に入れましょう。私もそのために力を惜しみません」

スピロは心から、陽色を受け入れてくれた。陽色は、エルとビーと、三人で顔を見合わせ微笑み合う。

一歩先に進めたような気がした。


迫りくる帝国軍から逃げるために、何をすべきか。

スピロからはまず、みんなの空腹を満たすことを依頼された。

何はなくても腹ごしらえから。山中で長く野宿を続けるリュコス人たちは、空腹と疲労で極限状態にあった。

どこかへ逃げるにしても、老人や子供、身体の弱い人たちはろくに歩くのも難しくなってきている。

陽色は森の家から持ち出した食料を、リュコスの人たちに分けることにした。

と言っても、普通に分けていたら、とても二千人分には足りない。食料にコピー&ペーストできる魔法をかけたのだった。

リンゴジャムのホットドリンクに、柔らかいバターロール。まずはそれを、人々に配ることにした。

ホットドリンクは、森の家にいた時、陽色が暇にあかせて自作した木製のコップに入れ、パン籠にバターロールを盛る。

スピロが天幕に部下たちを呼び、これからこれを二千人の人々に配るので、みんなで手伝ってほしいと言った。

当然、部下たちは困惑していた。

百聞は一見にしかず。陽色は手にしたコップをビーに差し出した。あらかじめ説明を受けていたビーは、にっこり笑ってそれを受け取る。

するとコップは二つに分かれ、陽色とビーの手にそれぞれ熱々のホットドリンクが現れた。パン籠も同様だ。エルが持つパン籠をスピロに渡すと、その籠は二つになった。

「奇跡だ」

部下たちはどよめく。それはそうだろう。でも、同時に彼らの目に希望の光が宿るのが見て取れた。

「この魔法は、ヒーロ殿の今は亡きお師匠様が作られたものです。この世に二つとなく、二度と誰にも作れない希有《けう》な遺産ですが、我々のためにヒーロ殿が提供してくださったのですよ」

スピロが部下たちに、そんな説明をした。陽色のプロフィールについても、スピロが考えてくれたものを部下たちに共有している。

偽のプロフィールはこうだ。

陽色は別の大陸にいた孤児で、物心つくかつかないかの頃、大魔術師に拾われた。

でも、陽色が成長して魔術を教わる前に人魔術師は亡くなってしまい、代わりに陽色を育ててくれた大魔術師の弟子たちも、はやり病で亡くなった。

陽色は魔術に対して半端な知識しかないまま、大魔術師の作った魔道具だけが残された。

偉大な魔道具を他人に利用されることを恐れて、陽色はこの大陸に渡り、西の大森林でひっそりと暮らしていた。

時折、森で収穫した貴重な木の実などを西の街で売っていたのだが、そこで瀕死《ひんし》のエルとビーに出会い、二人を助けていくうちに、打ち解けていった——。

嘘と真実が混ざり合っている。

チート魔法は陽色の力ではなく、お師匠から受け継いだもの。そしてその魔法を発動させるために、魔力が必要である。

魔力を使うにはコツが必要で、今のところは陽色と、それから陽色に訓練されたエルとビーの力が必要……そんな設定も付加された。

つまり、奇跡を行うためには魔道具そのものだけではなく、陽色とエルとビー、三人の力が必要になるという設定だ。

陽色を特別な存在にはしない。でも、大勢の人を束ねるために、ある程度の「威力」は必要だとスピロは言う。

特に、陽色は人族だ。リュコス人たちは、人族が統べる帝国軍に悪感情を抱いているから、別の国の人だとわかっていても、陽色に憎しみをぶつけてしまう可能性がある。

極限の状態ならばなおさらだ。これからもエルとビーと一緒にいるために、陽色はこの集団の中で良いポジションを取らなくてはならないのだった。

それを面倒だとは、もう思わない。仲間がいる、一人で抱え込まなくてもいいのだと思うだけで、心はずいぶん軽くなった。

それでも食べ物を配るまで、陽色は不安でドキドキしていた。魔法のことを変に思われないか、あれこれ悪い想像をしていたけれど、杞憂《きゆう》だった。

というか、みんな陽色に注目するどころではなかった、というのが正しい。

何か月も恐怖に怯えながら逃げ続け、山の中の乏しい食料でかろうじて生き延びていた彼らには、差し出された柔らかなパンと温かい飲み物以外、目に入らないようだった。

人々はパンを貪り、ホットドリンクに涙を流した。パンは飢えを満たすまで増え続け、リンゴジャムのホットドリンクは、喉の渇きが癒え、身体が温まってほんの少し心に余裕ができるまで、木製のコップをいつまでも満たし続けた。

この魔術道具をもたらした陽色は、人々から拝むように感謝された。陽色を連れてきたエルとビーも、救世主のように扱われた。

年寄りから赤ん坊まで、すべての人々が飢えと渇きから解放されると、陽色たちは今度は毛布を配った。

雨風を凌げて暖かい。それに包《くる》まるだけで心地よく眠れる魔法の毛布だ。悪夢を見ずにすむ魔法もかけた。

見張りの魔法を周辺にかけ、その夜はスピロを含めたリュコス人たちみんな、何か月ぶりかの安眠を得ることができたのだった。


その間にも、帝国軍は着々とリュコス人の集団に近づいていた。

陽色たちがスピロと合流した翌日、もうほとんど猶予が残されていないことを、陽色たちは知った。

「この三角の黄色い印が帝国軍、赤い印が斥候《せっこう》ですか。なんと精密な……しかし、事態は深刻ですな」

朝の食事を全員に配り終えた後、陽色たち三人はスピロの天幕に集まった。

今後についての作戦会議をするためだ。天幕には昨日もスピロと話していた、若い男性の姿もあった。

年齢は陽色と同じか少し上くらい、力仕事が苦手そうなほっそりした体格をしていた。

名前をテーロスといい、スピロが聖職者だった頃の弟子だそうだ。国を出るまで教会の神官をしていて、スピロと共にリュコス人を連れて流浪の旅に出てからは、腹心の部下としてスピロを手助けしてきたのだという。

スピロが、テーロスにだけは隠し事をしたくないと言うので、陽色についての真実を彼にも教えることを許可した。

スピロとテーロス、そしてエルとビーと陽色が、この会議のメンバーである。

幼いビーには、会議の内容をすべて理解できないかもしれないが、森の家を出てからは、いつも三人で行動することにしている。

椅子の数が足りないので、ビーは陽色の膝の上に座っていた。

「この赤い印の……斥候がずいぶん、我々の集落に近づいていますね」

テーロスが、集落の一番近くにいる赤い印を指して言う。

広げられた地図は、スピロがリュコスを出る時に持ち出したもので、かなり正確なものだ。

その地図上に、陽色が魔法で現在の帝国軍の動向を表示して見せた。

「もし、今の位置から真っすぐここまでこられたら、下手をすると二日も経たずに見つかってしまう」

テーロスの人差し指が、赤い印から真っすぐ、山道を辿ってこの集落までをなぞった。

膝の上のビーがぎゅっと小さな拳を握ったので、陽色は「大丈夫だよ」と、ビーの身体を抱きしめた。エルがそんな陽色とビーを見て口を開く。

「できれば交戦せずに逃げたい。対峙《たいじ》すれば、リュコス人は守れるかもしれないが、人を殺《あや》めることになる」

スピロとテーロスも顔を見合わせ、同時にうなずいた。答えたのはスピロだ。

「もともと我々も、逃げることだけを考えていました。帝国軍との差は圧倒的でしたからね。戦う時はこの場の全員が死ぬ時だと、防衛隊たちにも常々言っていました」

防衛隊というのは、最初に陽色たちを見つけた武人たちだ。彼らは腕に覚えもあるのだろうが、大軍を前にしてはひとたまりもない。

スピロたちが、戦わない選択をしてくれたことに、陽色は安堵していた。

ここに来る前に、エルとも話し合って、たとえ敵でも人を殺さない、と決めていた。

殺人はよくないとか、そんな綺麗ごとの倫理観のためではない。自分の心を守りたかったからだ。

何しろ陽色のこの力は、そうしようと思えば、一瞬ですべての帝国人を消し去ることも可能なのだから。

「問題は、どこに逃げるかなんです。落ち着く先は後で考えて、ひとまずの避難場所でもいいんですけど」

陽色は怖い想像を振り払うように、自分でも声を上げた。

「あと、俺の力は一瞬で大勢の人を別の地点に移動させることも可能です。ですが、行ったことのない場所とか、その場の状況がどうなっているかわからない場所だと、安全に着地することができないかもしれません。その辺りはやったことがないから、安全を保障できない」

曖昧な表現では発動しない、微妙な言い回しで結果が変わることがある。こうした陽色の魔法の発動条件については、この場の全員に伝えていた。

「先ほど、そのことでテーロスとも話をしていたんです。ヒーロ殿の魔法の条件を聞くに、一度に長距離を飛ぶのは、予測できないことが多すぎて危険だろうと。ヒーロ殿の力も知られてしまいますし。そこで考えたのですが、こういう移動方法ではどうでしょう」

スピロが提案したのは、リュコス人たちに自力で移動してもらいつつ、歩行に困難な地域などでは、陽色の魔法で瞬間移動する、魔法と徒歩の併用だった。

瞬間移動の際も、地図で敵の動向を確認しつつ、移動先に斥候を放って状況を確認させる。

こうすれば、予測外の事態にもある程度、対処できるだろうというのだ。

「ここから尾根を伝って、南へ逃げましょう。南はすでに帝国軍が包囲網を敷いているので、我々は逃走経路から外していました。でも、こうしてここまで精巧に敵のいる位置がわかるなら、相手の目をかいくぐって逃げることが可能ではないでしょうか」

テーロスの指が、地図の南側を指す。国境沿いから山の麓にかけて、赤い印でぎっちり埋め尽くされている。

これは昨日、食事の時にスピロから聞いたことだが、帝国の上層部は、リュコス人の殲滅《せんめつ》に躍起になっているらしい。

特に最後の王族であるビーと、多くの信者を抱えて逃走を続けるスピロ一行は、帝国軍が総力を挙げて追いかけていた。

というのも、力に物を言わせて強引な支配を進める帝国軍に、国の内外から不満の声が噴出していたからだった。国の威信のために、リュコス王国の残党たちを残らず掃討しなければならない。

そのため、おびただしい数の帝国軍がエルフの国にも派兵されたのだった。

スピロ一行が南の国境から西の国に逃げようとして、帝国軍の追っ手に待ち伏せを受けて引き返した、というのは、エルが事前に入手した情報の通りだった。

南には逃げられない。さりとてこの山中以外にもう、逃げる場所もない。

この場に留まって死を待つか、全滅を覚悟して南に逃げるか、スピロとテーロスの間でも意見が揺れていたそうだ。

「この海岸沿いの地域などは、赤い印がありませんね。帝国軍の挙動がこれだけ正確にわかるなら、逃走経路を確保することは可能です。さらにこの先の海域に、島々が連なっているでしょう。波が荒く、地元の漁師たちもなかなか近づけないそうです。帝国軍は海に弱い。このあたりに出す軍船はない。我々の方はヒーロ殿の魔法で船に補助を加えれば、荒れた海の上でも目的地まで辿り着けるのではないでしょうか」

スピロの示す海の先に、なるほど小さな島々が浮かんでいるのが見えた。一番南の果てに、ひときわ大きな島がある。

南の果ての理想郷の伝説を思い出し、陽色はスピロの顔を見た。スピロが深く皺の刻まれた顔に、柔和な微笑みを浮かべる。

「以前、南の国境地帯へ逃げる途中、この地図を見ながらテーロスと話をしたことがあるんです。現実の話ではなく、こうだったらいいな、という夢の話ですが。この南の果ての島に、リュコス人たちの村をつくったらいいんじゃないか、とね」

スピロの言葉に、テーロスも「そうでした」と、懐かしむような微笑みを浮かべる。

「私たち、子供みたいに空想しながら話をしたんですよね。田畑を作って何を植えるか、なんて話で盛り上がって」

南の諸島は無人島なのだそうだ。誰も住まない大きな島に、自分たちの理想郷を作る。伝説のように。

希望のない逃亡生活で現実から逃避して心を休めるための、夢の話だった。

でも、もし魔法で夢が叶えられるとしたら。

「まずは帝国軍をやり過ごすために、南の果てまで逃げましょう。今の我々にはとにかく、落ち着いて休息する場所が必要ですから」

そこまでどうかお付き合いいただけますか、とスピロに聞かれた。陽色は、エルとビーと顔を見合わせる。二人が力強くうなずいて、背中を押してくれた。

だから陽色は、すぐさまスピロに向き直って答えた。

「行きます。南の果ての島へ」

出発は今日の午後一番と決まった。

伝令が行き渡ると、リュコスの人々はみんな大急ぎで身支度を始めた。

集団の中にはさまざまな人たちがいて、赤ん坊も足腰の弱ったお年寄りもいた。よくここまで逃げてこられたと思う。

スピロとテーロスが集団に、大中小から成るグループを形成させて組織編制を行い、合理的な相互扶助のシステムが出来上がっているおかげだった。

簡単に言えば、江戸時代の「五人組」みたいな制度だ。少人数の最小グループで助け合いを行い、さらに最小グループが集まって中グループを形成する。その上にさらに大グループがあって……という具合だった。

逃げる過程で集団から離脱したり、逆に加わったりした仲間がいるらしいが、その都度きっちり組み分けをして、弱い人たちが取りこぼされないようによく考えられている。

おかげで、急遽《きゅうきょ》決まったこの出発についても、伝令は驚くほど速やかに行き渡った。

「国を出て最初の頃は、めちゃくちゃだったんですよ。多くの人がそこで離脱しました。主に、自力で逃げられる人たちでしたが。試行錯誤してどうにかここまで来たんです」

エルと陽色がその組織力に驚いていると、テーロスが教えてくれた。国を出てからここに逃げてくるまで、いろいろなことがあったのだろう。

陽色たちはあまり身支度に時間がかからなかったので、午後までの空いた時間に携帯食のたまごパンと、竹筒の水筒を配って回った。

ビーも手伝ったのだが、みんなビーを見ると、両手を組んで拝む仕草をする。

「ビーは王家の顔、獣頭をしているからな。リュコスの民は物心ついた頃から、これを尊いものだと教えられる。今こうして、民が困っている時に救いの手を差し伸べたから、余計に神格化されているのだろう」

携帯食を配り終えた後、戸惑うビーを抱き上げながら、エルがこっそり教えてくれた。

ビーも陽色と同じだ。獣の耳と尻尾、それに人面を持つリュコス人たちとは、異なる容姿を持っている。一目で自分たちと違うことがわかってしまう。

「でも、ビーはビーだからね。砂遊びとビービーと、リンゴジャムが大好きな男の子」

兄にしがみつくビーが不安そうで、陽色は思わずそう言っていた。

ビーは五歳の普通の男の子だ。両親や兄弟を殺されて、住む場所を奪われ、苦しい流浪の生活を続けながら、それでも健気《けなげ》に生きている。

陽色は自分と同じように、彼のことも特別にしたくないと思った。

「ああ、そうだな。そして私の大切な弟でもある」

エルも言って、ビーの顔に頬ずりした。ビーは笑いながら顔をしかめる。

「エル、おひげがいたい！」

「そうですか？　今朝は剃ってなかったからかな」

伸びかけた髭がジョリジョリして痛いらしい。弟に顔をしかめられて、むしろ嬉しそうにしているエルがおかしくて、陽色も笑ってしまった。

その笑いの途中、唐突にウーッウーッと不穏でけたたましい電子音が響いた。

異世界に電子機器などあるはずがない。陽色が設定したアラートである。

陽色は首にかけられるペンダントを三人分用意し、エルとビーにも身に着けさせていた。

敵意を持った者が近づくと、アラートが鳴って、自動音声がアナウンスされるようになっているのだ。

『――警告します。害意を持った第三者が近づいています。相手の位置はここからおよそ、半径一キロメートル以内。人数、十名。さらにその後方に、武装した一団あり。人数、二百名。

——警告します。害意を持った……』

三人は弾かれたように、互いの顔を見た。アナウンスは三人以外には聞こえないように設定されている。周りにいる人々は、忙しそうに身支度を続けていた。

「半径一キロメートル？　どうして。帝国軍はまだもっと、下にいたはず」

陽色は青ざめた。頭が混乱している。なぜ今、こんなにも至近距離に敵がいるのか。

「地図を確認してみよう」

エルが言うと、ビーがすぐさま腕から下りた。陽色は震える手で、鞄に入れておいた自分の地図を広げる。

帝国軍の赤い印と黄色い印は、朝ご飯の後の会議で確認した時から、それほど動いてはいなかった。着実に近づいてはいるが、こちらの想定内の速度だ。

半径一キロメートル以内には、何の印も見当たらない。その間もアナウンスは続いている。

『警告します。害意を持った第三者が、半径九百五十メートルの範囲に近づいています』

「ど、どうしよう。どうして？」

敵がどんどん近づいてくる。それもかなりの速度で。さらにその後方に武装集団が控えているというのだ。

「とにかく、スピロ殿とテーロス殿に知らせよう」

エルが言い、スピロたちのもとへ向かった。エルが再びビーを抱き、陽色と共に斜面を駆け上がる。

すぐ先に出発の支度をしているスピロの姿が見えて、声をかけようとした時、横の草むらからものすごい勢いで、防衛隊の男性が飛び出してきた。

「スピロ様、伝令です。東の見張りが、敵の斥候とおぼしき人影を発見しました」

陽色は焦りと混乱のあまり、その場に立ち尽くした。


どうしよう、どうしよう。その言葉で頭がいっぱいだった。

地図に表示された敵軍の表示は、正確だと信じて疑わなかった。スピロたちも信じてくれて、すべてはその前提で動いていたのだ。

なのに、地図に表示されない敵がすぐ近くにいる。すべての出来事が、根底から覆されてしまった。

「どうしよう。な、なんで？　俺の魔法が間違ってたのかな。どうしよう」

陽色は頭を抱えた。ビーを抱えながら、陽色の先を走っていたエルが気づいて戻ってくる。

「落ち着くんだ、ヒーロ。大丈夫。まだ間に合う」

エルは励ますように言い、陽色の手を引いてスピロたちと合流した。

スピロとテーロスは一緒にいて、アラートのことを報告するとすぐ、自前の地図を開いて帝国軍の位置を確認した。

スピロたちの地図も、帝国軍の表示位置は変わらなかった。

「どうしよう。すみません。俺のせいだ。魔法がきかなかったのかも。どうしよう」

みんなの命を危険にさらしてしまう。誰か死んだら自分のせいだ。

パニックに陥る陽色に、スピロが「落ち着いてください」と、先ほどのエルと同じ励ます口調で言った。

「大丈夫、魔法は作用していますよ。ヒーロ殿たちが持っている警告の魔法は、きちんと敵を感知したのでしょう。ヒーロ殿の警告魔法と、我々の見張りの報告は一致しています。地図に表示されなかったのには、何か原因があるはずです」

冷静で理路整然とした言葉に、ホッとして泣きそうになった。

魔法が不十分だった。期待通りの結果を出さなかったら、みんなからの信用を失うと思っていた。スピロやテーロスから非難や猜疑の眼差しを向けられるのを、頭の中で無意識に想像していた。

今まで助けた人たちは、みんなそうだったから。

でも今は違う。エルは今もずっと、手を握り続けている。ビーが取り乱す陽色を元気づけるように、陽色の胸にビービーを押し付けていた。

スピロが陽色を見つめ、安心させるように優しくうなずく。テーロスだけは地図を見つめたまま、何か考え込んでいた。

「ヒーロ殿。この地図を表示させる時に、という命令を出しましたか」

テーロスが事務的な声で言った。

「どういうって……えっと、普通に。この集団を追ってる、帝国軍の位置を示すようにって」

質問の意図がわからず、しどろもどろになってしまう。テーロスは地図を睨んだままだ。

「帝国軍、という言葉を使ったんでしょうか」

「は、はい。そうです」

スピロが「どういうことだ？」と、テーロスに質問の意図を尋ねた。そこで初めて、テーロスは顔を上げた。一同を見回す。陽色にも視線が回ってきたが、そこに非難も猜疑の色も見当たらなかった。

「命令文の問題かもしれません。ヒーロ殿も言っておられましたよね。命令の文章を考えるのに苦心するのだと」

その言葉に、スピロがハッとした顔をする。

「帝国軍？　あっ、そういうことか」

スピロも原因に思い当たったようだ。どういうことか尋ねる前に、テーロスが早口に言った。

「ヒーロ殿のせいではありません。我々もイオエル様やヒーロ殿に説明をしなかった。ヒーロ殿、もう一度この地図に、魔法をかけていただけませんか。今度は命令文の一部を変えて。表示対象を帝国軍に限定するのではなく、我々集団に害意がある者たち、としてください」

「帝国軍以外にも、我々を追っている者がいるのか?」

陽色より一拍早く理解したエルが、口を開いた。スピロがうなずく。

「恐らくはこの国、エルフの軍だと思われます。この国の軍隊も帝国軍に協力しています。協力せざるを得ないのでしょう」

ようやく理解できた。陽色は地図表示を、帝国軍に限定してしまっていた。でも追っ手の中には、帝国軍に命じられたエルフの軍もいたのだ。

「エルフ軍のほうが、当然ながら自国の土地に詳しい。エルフ族は森の民とも言われ、山林への移動も優れているとされています。帝国軍に先んじて投入された可能性が高い」

スピロの声を聞きながら、陽色は魔法の呪文を唱え直した。テーロスに言われた通り、害意を持つ者を地図上に表示させる。

すると、警告アナウンスのとおり、集落のすぐ近くに斥候らしき印と、そのわずか後方に一軍が控えているのが表示された。

「さっきよりうんと近づいてます。どうしよう。何か魔法……」

陽色は地図を見て再び冷静でいられなくなった。自分がどうにかしなければ。魔法を使えるのは自分しかいないのだから。

「大丈夫。先ほどの見張りに伝達を頼みました。時間が少しずれましたが、我々は今これから出発します」

大丈夫。スピロの普段と変わらない声音が、陽色を再び呼び戻してくれる。

大丈夫。その言葉が頼もしかった。実際は大丈夫じゃないのかもしれない。でもスピロのいつもと変わらない声に救われる思いだった。

「ヒーロ」

その時エルが呼びかけて、うろたえて震える陽色を、ビーと一緒に腕の中に抱き込んだ。

「お前がすべてを背負う必要はないんだ。ビーとお前は私が守る」

今まで抱きしめられるたびにドキドキしていたその腕に、今は安堵と頼もしさを覚える。

陽色はエルに縋りついた。

「うん。でも、誰も死なせたくない。俺も死にたくない。ちゃんと、できることをしたい。もう後で悔やんだりしないように」

今ここで、自分に何ができるだろう。どうするのが最良なのだろう。

スピロたちは身支度を終えていて、支度が終わった者から南へ歩き出すよう指示を出していた。集団から少し離れた場所で警備に当たっていた防衛隊たちも、一部が集団と合流し、先導する態勢を取っている。

目を瞠る機動力だが、感心している余裕はなかった。そうしている間にも、敵は近づいている。アナウンスは陽色たちの耳に警告を流し続けていた。

『害意を持つ者が、半径五百メートルの範囲に接近中』

五百メートルってどれくらいだっけ。陽色は記憶を手繰る。

確か、元いた世界の自宅から、地元駅までがそれくらいだった。急ぎ足で歩けば十分で着く。

「敵を足止めする方法を考えなくちゃ」

陽色は独り言のようにつぶやいた。その時、エルにおんぶ紐をかけられていたビーが、ピクッと耳を震わせた。

「ねえヒーロ。『三枚のお札』は？」

つぶらな瞳に促され、陽色も思い出す。森の家で話して聞かせた、日本の昔話だ。エルが、リュコスにも似たような話があると言っていた。

「あっ、そうか。それだ」

陽色が叫び、エルもピンときたようだ。

「確か、水や炎を出して山姥を足止めするんだったな」

「うん。炎は山火事が怖いから、水はどうかな。大きな川を作って足止めする」

絵本を読んだ時の記憶があるから、イメージもしやすい。エルはすぐさまスピロにそのことを伝えた。

「では、ヒーロ殿の作ったお札を、しんがりを守る防衛隊に渡しましょう」

防衛隊は集団を守るため、敵との交戦を覚悟している。敵ともっとも近接するラインにいる人たちだ。彼らに使ってもらえるなら、ありがたい。

エルとビーに手伝ってもらい、小枝や小石をありったけ集め、三枚のお札の魔法をかけた。

小枝を一つ、「三枚のお札！」と言いながら投げると、自分と敵の前に大量の水が流れる川が出現する、というものだ。

出現時間はおよそ二時間。二時間経てば跡形もなく川は消える。味方はこの水に流されない、という条件もつけた。不慮の事故で自滅するのを防ぐためだ。

小袋に魔法の小枝と小石を詰めて、防衛隊の各人に配ってもらう。

命令文の構文は、あらかじめ考えたものをテーロスにチェックしてもらい、地図の表示のように命令に漏れがないか確認してもらった。

陽色の魔法は、学校で習ったコンピューターのプログラムに似ている。今さらながら気づいた。

万能だけど、そこには心がない。感情や感覚を加味してくれない。ただ言われた通りに動く。

いったいこの力が何なのか、やっぱり見当がつかない。でも今、この力を持っていてよかったと思う。

そうでなければエルとビーを助けられなかった。今ここに、こうして三人でいることもできなかった。

「あ、あとお守りの石。お守りも防衛隊の人に持ってもらおう」

『三枚のお札』の小枝と小石を袋に詰めた後、陽色は思いついてまた地面の石を拾った。

防衛隊の人々の人数分、石を用意して魔法をかける。陽色が自分たちにかけた防護術と同じようなものだ。

これを身に付けていれば、どんな攻撃も当たらない。崖から落ちても、たとえ核ミサイルに吹っ飛ばされても怪我一つしない。ついでに病気にもかからない。

そうして完成した魔法の小枝だの石だのを、防衛隊の一人に託した。隊の全員に配ってくれる予定だ。間に合いますように。陽色は祈った。

「我々も出発しましょう」

足の悪いお年寄りに手を貸しながら、スピロが言った。エルと陽色はうなずいて、彼に続く。ビーはおんぶ紐でエルに背負われた。

『害意を持つ者が、半径二百メートルの範囲に接近……』

耳に流れるアナウンスが突然、途切れた。ひやりとした時、遠くで大量の水音が聞こえた。

『……警告します。害意を持つ者が、半径二百……三、四……五百メートルの範囲に接近中です』

距離が遠ざかっていく。テーロスが水音を聞いてすぐ、地図を開いた。確認すると、さっきまですぐ間近にあった敵の印が、すごい速さで遠くへ移動しているところだった。

「防衛隊が『三枚のお札』？　を使ったんでしょう。水で押し流されたようですね」

印は消えていないから、敵は死んでいない。陽色はそのことにホッとした。

「よかった。さあ、行こう」

エルも安堵した顔で言い、陽色の手を取る。

エルは武人だ。味方のために人を殺すことをためらったりしない。だからホッとしたのは、陽色のためだ。陽色の魔法が人を殺さなくて、陽色が傷つかなくてよかったと思っている。

本当に、エルとビーに出会えてよかった。

陽色は頼もしい大きな手を握り返し、歩き出した。


山を下りる間に、陽色たちは何度か水音を耳にした。

テーロスとスピロが常に地図を確認し、防衛隊に指示を出す。集団は敵をかいくぐって進み、たびたび休憩もした。

集団の進路は、防衛隊の一部が斥候を担い、状況を確認する。安全が確保されたら陽色が魔法を使い、集団を瞬間移動させた。

山林から山林への移動だから、ほとんどの人は瞬間移動に気づかなかったはずだ。

そうやって、本来なら何日もかかるはずの長く険しい山道を、半日で下りることができた。

地図で安全を確認し、一行は久しぶりの平地で一晩を過ごす。南側の山の麓は、北側の麓よりうんと暖かいらしい。あったかいね、と言い合う人たちの笑顔が印象的だった。

翌日も、徒歩と魔法を併用して海岸線まで一気に進んだ。

山中で接近していたエルフの軍は、完全に引き離したようだ。地図を確認すると、彼らが山中で右往左往している様子が見て取れた。

リュコス人一行が辿り着いた海岸線には、小さな漁村があった。

スピロは村の人と交渉し、底に穴が空いて打ち捨てられた船を一艘《いっそう》、譲ってもらった。

穴の空いた船なんかどうするんだろうと、村人たちは不思議だっただろう。

せいぜいが二人乗りの、小さな手漕《てこ》ぎ船だ。長く打ち捨てられていたようで、あちこち傷んでいる。

それでも、ちっとも構わなかった。陽色は船に魔法をかけた。船は造られた当時の姿に戻り、もちろん船底の穴も塞がった。

そればかりか、大きさも数倍になり、何人も一度に乗れるようになった。でもまだ、二千人が乗るには小さすぎる。

船は浜に打ち上げられていたので、リュコス人のみんなで押して海に浮かべた。すると、船は二艘に分かれた。

リュコスの人たちはどよめいたし、周りで見ていた漁村の村人たちは腰を抜かさんばかりだった。でもリュコスの人たちは、今までも何度か奇跡を目にしてきたので、村人たちより早く冷静に戻った。

スピロとテーロスの指示に従い、分かれた二艘のうちの一艘に、最初のグループが乗り込む。すると空いている一艘の船がまた、二つに分裂した。そうやってリュコスの人々は、次々に船に乗り込んで行った。

すべての人が乗り込むと、船はひとりでに沖へと漕ぎだした。

風を受ける帆も、櫂《かい》の一本もなく、それでも船の集団はぐんぐんとすごい速さで沖へ進む。

自分でかけた魔法だけど、陽色は感心して思わず声を上げてしまった。

「モーターボートみたいだ」

「モーター？」

エルの膝の上に座るビーが、耳を震わせて興奮した様子で聞いてくる。

「俺の世界にあった船だよ。小さいけどすごく速い。この船みたいだろ？」

「うん。すごく速いね」

「村人たちも驚いていたな。すぐに噂になるだろう」

エルが言って、後ろを振り返る。海岸線はすでに遠く、呆然とリュコス人を見送った村人の姿も、今は豆粒ほどに小さくなって見えた。

「山に突然、川が流れたことも。エルフ軍の間で噂になるでしょうな」

船の先頭に座っていたスピロが、どこか楽しそうな声で返した。船にはスピロとテーロス、陽色たち三人と、それに防衛隊が一人、他にも大人たちが数名乗っている。

この船が先頭で、後ろに二千人のリュコス人を乗せた船が続いている。防衛隊の人たちも、残らずこれらの船に乗り込んだ。

ここに来るまで、誰一人として欠けることはなかったのだ。

「帝国軍の横暴には、エルフの国の中でも不満が噴出しているそうですから、逃げ延びたリュコス人の話は、広く流布することでしょう」

スピロの隣にいるテーロスも、明るい表情で言った。スピロもテーロスもずっと、迫りくる帝国軍に怯えて生きてきた。でも今は自由だ。そのことが、彼らの顔を明るくしているのかもしれない。

「南の果てがどうなっているのか、まだわかりませんが。水を確保できたら、少しゆっくりしましょう。みんなで身体と心を休めて」

スピロは大海原に目を移し、歌うように言った。彼の視線の先にはまだ、何も見えない。でも地図を広げれば、船が真っすぐに南の果ての島へ向かっているとわかる。この速度なら、日が沈む前に島に着くだろう。

陽色たちの旅行鞄にはまだ、食料がぎっしり詰まっている。きっと何とかなるはずだ。だめならまた、船で別の土地へ向かえばいい。

一人じゃないから、未知の場所へ漕ぎだすのももう怖くない。すべてを背負わなくても、自分だけで考えなくてもいい。頼れる人たちがいる。

それに、愛する家族も。

「ちょっとねむい」

安心したのか、ビーが目を擦り始めた。それを見て、大人たちが微笑む。

「寝ていていいですよ。着いたら起こしますから」

エルも笑って頭を撫でる。ビーはぽてんとエルの膝に寝ころび、それからすぐウトウトと眠りについた。

船はほとんど揺れないが、空はよく晴れていて波風が心地よい。ビーの気持ちのよさそうな寝顔を見ているうちに、陽色も眠くなってきた。

エルが無言で、そんな陽色の頭をくしゃりと撫でる。寝ていていい、ということらしい。

陽色は安心して、エルの肩に頭をもたせかけた。大海原の中、船が波を切る音を聞きながら、陽色もいつしか眠りについていた。

『かの黒髪の少年は、獣頭の王と、それを守護する王の兄と共に現れた。

黒髪の少年は五つのパンを持ち、草むらに打ちひしがれたリュコスの民たちにそれを分け与えた。

五つのパンは尽きることなく、人々が望むだけ与えられた。

——スピロ・リカイオス「脱出記」より』

「スピロさん、こんにちは」

陽色がスピロを訪ねた時、彼は玄関脇に設えられた机で、何か熱心に書き物をしていた。

玄関先の小窓から中を覗いた陽色は、スピロの顔色がいいことに気づいて、ホッとする。

「ああ、ヒーロ殿。ビオン様のお迎えですか」

スピロは小窓から答えて立ち上がり、どうぞ、と玄関の扉を開けて陽色を中に迎え入れた。

「はい。それと、新しいパンが焼けたので、持ってきました」

陽色は手に提げていた籠を持ち上げ、かぶせてあった布巾を取って見せた。ふんわり香ばしい匂いが立ち上る、焼き立ての丸い白パンだ。

塩と小麦粉と酵母だけのシンプルなパンだが、スピロはこのパンが一番のお気に入りなのだとテーロスが言っていた。籠の中を覗いて、スピロも顔をほころばせた。

「ありがとうございます。ちょうどお腹が減っていたんでした。お茶を淹れますから、ヒーロ殿もいかがですか」

言われて、陽色は遠慮なくお茶に呼ばれることにした。

スピロは隣の炊事場へ行き、水瓶《みずがめ》に溜めておいた水を小鍋に移し、小さな竈《かまど》にかけた。お湯を沸かす間に、鉄製のティーポットへ吊るしておいた乾燥ハーブを放り込む。

「今日もよく晴れていますね。風も穏やかだ」

木製のコップを二つ戸棚から取り出して、スピロはふと、窓の外へ目をやった。

陽色もつられて外を見る。今日もリュコスの村はいい陽気だ。

リュコスの民と共にエルフの国を脱出して、一年が経った。陽色たちは今も、南の果ての島に暮らしている。

島に到着した当初は、一時的な避難場所にするつもりだったが、島は思っていた以上に大きくて豊かだった。

リュコスの地図では小さく描かれていたし、陽色も縮尺の関係で気づかなかったけれど、実際に魔法で計測してみたら、四国くらいの広さがある。

先住民がいた形跡はなく、遥か遠くの山に熊は生息しているものの、陽色が暮らしていた大森林のような脅威はなかった。

水源も豊富で、島の中心部にある山間部から、蛇行するように長く曲がりくねった大きな川が伸びている。その姿は陽色の知る高知の四万十川《しまんとがわ》さながらである。

帝国軍の脅威のないこの土地に、リュコスの人たちは根を下ろすことを決意した。

それは簡単なことではなかったし、今も苦労は続いている。

でもリュコスの人々はみんな、山中での苦しい生活が過去にあったせいか、自分たちで知恵を出し合い、助け合って生きて行くすべを身に付けている。

陽色はエルやスピロたちと話し合い、チート魔法で村づくりを裏から助けた。

この一年で村の人たちは家を建て、田畑も作った。島で不足している物資を補うためと、大陸の情報を仕入れるため、月に一度は船で大陸を往復する。

「ああ、今回もよく焼けていますね。とても美味しいです。ヒーロ殿のパンは、美味しくて身も心も元気になる」

お茶を淹れ、パンを一口食べて、スピロはほっと表情を和ませた。

「子供たちも喜ぶでしょう。たまごパンが人気ですが、白パンが大好きな子もいますからね。私とテーロスも、これが好きなんですよ」

スピロは言い、籠にあるパンの残りに丁寧に布巾をかけた。こうしておけば、パンは勝手に増える。籠の中は時間が止まっているから、いつでも焼きたてだ。

会話が止まると、遠くで微かに子供たちの声と、それにテーロスの声が聞こえた。

今いるこの住居の裏に、教会がある。礼拝所であり、集会所でもあり、平日の日中は子供たちの学校にもなっていた。

テーロスとスピロが交替で教師をしていて、今日はテーロスの授業だ。

学校は給食があって、陽色のパンとホットドリンクが好きなだけ飲めるので、子供たちは喜んで通っているという。子供たちが美味しくパンを食べてくれて、陽色も嬉しい。

「そういえば、さっきは何を書いていたんですか」

ふと玄関脇の机が目に入って、陽色は何気なく尋ねた。書き物をしていたペンと紙は、お茶を淹れる前に片付けられ、何を書いていたのかわからなかった。

「ああ、あれですか。テーロスと話していて、事実を書き記しておこうという話になりましてね。先日から書き始めたんです」

スピロは言って、ニコニコしながら陽色を見る。

「事実？　この村のことですか」

「村のことや、それより前、覚えていることを何もかもです。帝国軍が進行してきたこと、リユコスから逃れたこと。もっと前の平和だった日のこと。今は鮮明に思い出せますが、人は忘れていくものです。今のうちに書き記しておきたいと思いまして」

「なるほど」

自分もやってみようかな、と、それを聞いて陽色は思った。

この異世界にやってくる前のこと、やってきた後のこと。エルやビーとの出会い。

「すべて書き記して、いずれ当たり障りのない部分を抜き出し、本にしようと思うんです。後世に伝えるためにね」

「後世……何だか壮大ですね」

陽色は日記みたいなものを想定していたのだが、違っていたようだ。壮大、という言い方がおかしかったようで、スピロは肩を揺すって笑う。

「それほど大袈裟なものじゃありませんよ。ヒーロ殿のことも書いてあります」

「えっ、俺？」

どんなことを書くつもりだろう。へどもどしたが、出来上がったらお見せしますよ、とスピロは笑うばかりだ。

お茶を飲み終える頃、裏から子供たちのはしゃぎ声が聞こえた。授業が終わったのだ。

スピロがゆっくり腰を上げ、家の扉を開く。子供たちが入って来れるようにだ。

島に着いてすぐ、スピロは過労で倒れた。それまでずっと二千人余りの人命を背負い、人々を導いてきた彼は、安堵したことで張り詰めていた糸が切れたのだろう。

陽色のホットドリンクを飲み、ほどなくして回復したが、放っておくとすぐ無理をするので、村のみんながスピロを気にかけている。

「あ、ヒーロさんだ！　ビー様、ヒーロさんが来てるよ」

一番に玄関にやってきた村の子が、中に陽色がいるのを見て大声で叫んだ。

少しして、ビーがトコトコと小走りに現れる。陽色と目が合うと、ぴょんと陽色に抱きついた。陽色は笑いながら彼を抱き上げる。ぴるぴると喜びに震える耳が、頬に当たってくすぐったい。でも、去年よりずいぶん重くなった。

「おかえり。今日の学校はどうだった？」

「楽しかった！」

その間に子供たちは、スピロから陽色の焼いた白パンをもらっていた。授業の後もお腹が空くのと、今夜の食事にするためだろう。子供のいない近所の家に配る子もいる。その辺りは、子供たちの自由にさせていた。

「白パンだ！　ヒーロさん、ありがとう」

年長の子供が、持参した布にいっぱいパンを包んで、嬉しそうに言った。

「どういたしまして。気をつけて帰ってね」

陽色の魔法は、亡くなった師匠のものということになっているが、陽色たちが魔力を注入しているという設定が生きているせいか、みんな陽色にお礼を言ってくれる。

それが面映ゆくて、騙していることがちょっとまだ後ろめたい。

自分の魔法で島のみんなをもっと豊かにできるのに、とか、いやこの島の人たちだけではなく、今も大陸にいて困っているリュコス人たちを助けることだってできるのに……とか、悩み始めるときりがない。考えないように、割り切ろうと一度決めたとしても、困っている人の話を聞くと悩んでしまうものなのだ。

人の輪の中にいる限り、きっとこの先も、多かれ少なかれそうした葛藤を抱えながら生きていくのだろう。

「じゃあ、俺たちも帰ろうか」

感傷を振り払って手を差し出すと、ビーが「うん！」と元気よくうなずいてそれを握った。

スピロに挨拶をして、家を出る。教会から出てきた子供たちが、陽色とビーにさよなら、また明日、と手を振る。

ビーが最後の王族であることは、小さな子もみんな知っている。大人たちは丁寧にビーを扱うけれど、子供たちは机を並べて共に学んでいるせいか、気さくに接していた。

「今日もいっぱい勉強した？」

「うん。もうむずかしい言葉もわかるよ。ヒーロ、もんだい出してみて」

「え、問題？　うーん、難しい言葉ねえ」

家までの道を歩きながら、ビーと他愛のない話をした。道すがら、村人とすれ違うと挨拶をしたり、たまに話しかけられたりする。村の人たちはみんな知り合いだ。

最初は二千人ほどだった村の人口も、この一年で数百名増えた。今後もさらに増えるだろう。

毎月、物資の調達に大陸へ行く部隊が、大陸で困っているリュコス人を連れて戻ってくる。

リュコス人だけでなく、エルフ族と人族が合わせて数十名、入植していた。帝国軍に逆らったり、リュコス人をかくまって目をつけられた人たちだった。

「ヒーロ、ビー！」

家までの道をてくてく歩いていたら、後ろから声がして、陽色とビーは振り返った。エルだった。日に焼けた顔で笑う彼のもとへ、陽色とビーは駆け寄った。エルは片手でビーの身体を掬うように抱き上げ、もう一方の子で陽色を抱きしめる。

陽色はエルの胸に顔をうずめて抱きついた。彼の身体からは汗とお日様の匂いがする。

「さっき教会に寄ったんだ。二人は今、帰ったところだと言うから」

迎えに来てくれたらしい。今日のエルは、村の警備隊の訓練に駆り出されていた。背中には大剣を背負っている。

もともとリュコス王国軍を指揮していたエルは、今は村の警備隊を率いている。

警備隊員は、スピロたちの流浪時代、リュコス人を守ってきた元防衛隊の人々で、エルと同じ王国軍の軍人でもあった。王国時代の指揮系統に慣れているから、組織編制もしやすい。

警備隊と言いながら、有事には軍人として動かねばならないが、今のところ、警備隊の仕事はさほど緊迫したものではなかった。

日々の訓練と、田畑を荒らす動物たちを狩ること。あとは交替で島を見回るくらいだ。

「今日はもう、お仕事終わったの？」

エルが背負った大剣に目をやり、ビーが尋ねる。エルは「ええ」とうなずいて、ビーに頬ずりした。

「みんな頑張って目標をこなしたので、早めに切り上げました。そろそろお祭りの準備もありますしね」

ビーを抱え、陽色の肩を抱いてエルが歩き出す。その声はどこか楽し気だ。お祭り、と聞いて、陽色の心も浮き立った。

そう、もうすぐお祭りだ。仕事ばかりではみんなのモチベーションが上がらない、ということで、春と秋、それに新年にお祭りをすることになったのだった。

「おまつり！　たのしみだなあ」

ビーも耳をぷるぷる震わせ、楽しそうに笑う。

そうして家族三人、家路についた。

陽色たちの家は、村のちょっと奥まったところに建てた。

畑仕事に便利な土地は、農作業を担う村の人々に譲ったからだ。

森の入り口にあって、やや傾斜があり、大きな岩などもあちこちに目立つので、農地には向かない。陽色が裏庭に家庭菜園を作っているけれど、水はけも悪く、こっそり魔法を使っていなかったら、ろくに野菜も育たなかっただろう。

家の造りは、他の村の家々と大差ない。ただし、村には滅多にない家風呂と、村で唯一の水洗トイレがあった。

村の暮らしはだいぶ不便で、原始的ともいえる。陽色もなるべく魔法を使わないようにして、使う時にはエルやスピロたちに相談しているが、お風呂とトイレに関してだけは、頼み込んで魔法を使わせてもらった。

お風呂については、山から天然温泉が出たことにした。自分たちだけ贅沢を享受するのは申し訳ないので、これまた魔法でお湯を引き込む設備を作り、陽色たちの家からちょっと離れた場所に公衆浴場をこしらえた。

風呂は露天、男女別にして、脱衣所をつけただけの簡素な浴場だが、二十四時間使えるので、村の人たちには喜ばれている。

トイレは、これも公衆衛生を考えて、村のすべてを水洗にしたかったのだけど、スピロたちに断られてしまった。し尿は大事な肥料になるのだそうだ。

「それでね、カリトンのお母さんのおなか、もうこんなに大きいんだって。いすから立つとき、よっこらしょ、って言うの。赤ちゃんて、すごく重いんだね」

三人で夕食を囲む中、ビーが学校での出来事や友達から聞いたことを話す。以前は人形のビービーを片時も離さなかったが、学校に行くようになって、ビービーはビーのベッドで留守番することが多くなった。

ビーもこの一年でずいぶん成長している。背も伸びたし、難しいことも言うようになった。やんちゃさも増している。

「いいなあ。ぼくも弟か妹がほしいな。うちもうまれないかな」

言って、ちらちらっと陽色とエルを見る。陽色はパンを喉に詰まらせそうになり、慌てて水を飲んだ。エルもちょっと顔を赤らめながら、こほんと咳払《せきばら》いする。

「残念ながら、うちには『お母さん』がいないので、赤ちゃんは無理ですね」

エルは真面目な顔で答えたが、ビーはまだあきらめきれないようで、「そうかなあ」などと言っている。

「エルもヒーロも、すごくすごく大好きなんでしょ。そのうち生まれるんじゃないかなあ」

以前、カリトンのお母さんが妊娠した時、ビーから「赤ちゃんはどうしてできるの？」と、非常に回答の難しい質問をされた。

大人二人は言葉に詰まり、エルが「男の人と女の人が愛し合って、愛が高まるとできるんです」という回答をした。

赤ちゃんは、女の人のお腹にしかできない、とも教えたのだけど、ビーはカリトンが羨ましくて諦めきれないらしい。

今も未練がましく、エルのお腹をじっと見つめている。

「エルはからだが大きいから、赤ちゃんが入るところがあると思うの」

「どんなに大きくても、男のお腹に赤ちゃんはできないんですよ」

「ビー。ほら、早く食べないと、また食べ終わる前に眠くなっちゃうよ」

大人が苦笑しつつなだめ、食事を促す。毎日学校に通い、活発に遊ぶおかげで、ビーは夜になるとすぐ眠くなってしまうのだ。

せっせとパンを口に詰め込むビーを眺め、大人二人は顔を見合わせて笑った。

陽色とエルが恋人同士であることを、ビーはもう知っている。

この家を建てる際、エルと陽色の寝室を同じにすることにしたため、二人は恋人だと打ち明けたのだ。

恋人は夫婦みたいなもので、大好き同士、というおおよその認識は、幼いビーにも理解できたらしい。両親の代わりのように思っているのか、村に来てからは陽色とエルにたくさん甘えるようになった。たまに子供らしい我儘も言うので、ちょっとホッとしている。

ビーだけでなく、スピロをはじめ親しい人たちは、陽色とエルの関係を知っている。

山中でスピロたちと合流した際、エルが堂々と陽色を「伴侶」だと紹介したせいか、いつの間にかそういうものとして受け入れられていた。

陽色も男同士というだけで、エルと自分の関係を特別に奇異なものだとは思っていないので、ありのまま受け止めてもらえる今の環境が嬉しい。

「ぜんぶたべられた。でもまだ、ねむくないよ」

ほら、と空っぽのお皿を見せて、ビーは得意げな顔をする。陽色とエルは、「すごいですね」「えらい」と、口々に褒めそやした。

なんてことはない毎日だ。でもその何の変哲もない日常が、愛おしく思える。それはおそらく、エルとビーにとっても、そしてスピロや村の人々にとっても同じなのだろう。

ずっとこの平和が続くように、みんなが祈っている。


「ビーは寝た？」

寝室に置いたテーブルで書き物をしていたら、エルが入ってきた。陽色が尋ねると、柔らかな笑みを浮かべる。

「眠くないと言っていたが、布団に入ったら一瞬で寝た」

「最近、頑張って起きてようとしてるよね」

「学校の友達は、もっと夜遅くまで起きてるから、自分も頑張るんだそうだ。……何を書いてるんだ？」

エルが陽色の背後に回り、手元を覗き込んでくる。背中をそっと抱きしめられて、ほっとするような、くすぐったい感覚が込み上げた。

顔を上げると、軽いキスをされる。いつも「外国映画みたいだな」なんて思う。

エルとは大森林の家で両想いになったが、その後は逃亡生活で甘さとは無縁だった。島に辿り着いてしばらくは、村人全員の衣食住を整えるのに忙しく、結局、初めて身体を重ねたのは、この家が建ってひと月ほど経ってからだ。

初めての夜の翌日は、ドキドキふわふわして、エルの顔がまともに見られなかった。エルもなんだかぎこちなくて、ビーから「喧嘩したの？」なんて心配されたものだ。

今はもう慣れた。でもまだ、ちょっとだけドキドキする。

「日記だよ。スピロさんが伝記みたいなのを書いてたから、俺もなんか書いてみようと思って」

陽色は日中、スピロが言っていたことをエルに話して聞かせた。その間もエルは、陽色に何度もキスをしてくる。

「なるほど、スピロ殿とテーロス殿がな。この先の、新リュコス王国の建国を見据えているのかもしれないな」

「やっぱり国にするんだ」

陽色が尋ねると、エルは「それはまだわからない」と答えた。

それから陽色が座っている椅子を引き、陽色の身体を掬い上げる。そのままエルが椅子に座り、陽色はエルの膝の上に乗せられた。

「ベッドに行く？」

「あっちに行ったら、話どころではなくなる」

陽色の唇をついばみながらエルは言い、わざと腰を揺らす。陽色の尻に、硬くて熱いものが当たった。

「お前を抱きたいが、寄り添ってゆっくり話もしたい」

それでこの体勢らしい。付き合うようになってわかったが、エルはちょっと変態っぽいところがある。陽色と二人きりになるとすぐ昂るのだが、そんな状態を長く楽しむように、わざと手を出さないでいるのだ。

勃起《ぼっき》したまま陽色を抱きしめ、こちらがどぎまぎするのを眺めていたりもする。一度、それを指摘して変態、と詰ったら、もっと興奮していた。本物の変態だ。

こんな人だと思わなかった。でも、そんなエルが好きで、変態の恋人に興奮してしまう自分もたいがいだ。

身体を繋げて一年近く経って、陽色もちょっとだけ余裕が出てきた。恋人の上にまたがって、自分からキスをしたり、尻を揺すって相手を刺激したり、そんないたずらめいた駆け引きを楽しむこともできる。

「俺は正直、この島が村でも街でも国でも、何になってもいいんだけど。ビーが一人で重荷を背負わされないといいな」

　腰を揺らしながら話を戻す。ぐりぐりと勃起した性器を刺激され、エルは顔を軽くしかめて嘆息した。

「ビーのことは、スピロ殿やテーロス殿も考えているだろう。そうでないなら俺は、ビーを王にするのは反対だ」

「うん」

　今、陽色たちが村と呼んでいるこの島の集落は、どんどん大きくなっている。

　土地が広いから、元のリュコスの国民全員が来ても住めるだろう。船は、今は陽色の魔法に頼っているけれど、大陸へ行く班が造船技術を持つ人材を探している最中で、いずれ島と大陸との航行が可能になるだろう。

　陽色が蒸気船など、元の世界にあったアイデアをスピロたちに教えている。陽色には原理など詳しくわからないが、うろ覚えの知識を伝えただけで、スピロとテーロスはおおよそ理解したようだ。

　島内では石炭が採れることもわかっているので、そのうちこの島で、世界初の蒸気船が発明されるかもしれない。

　人口が増えたので、スピロとテーロスは村の議会を作った。スピロが村長でテーロスが副村長、エルと陽色、それからあと数名が村の議員に名を連ねている。

今はこれで村が安定しているし、陽色が知る限り不満も聞かない。スピロたちは島に来た当初、選挙制の導入を考えていたそうだけど、村の人たちから推されて結果的にスピロが村長になった。

でもいずれ、集団が大きくなれば、いろいろな考えの人たちが出てくるだろう。

君主を定めず民主主義の選挙政治にするべきか、君主制を取るべきか、スピロたちは頭を悩ませている。

君主制となれば、ビーが国王に据えられるだろう。リュコス人たちは今も、我が身を犠牲にして国民を逃がした王族や貴族たちを尊敬し、崇拝している。

この記憶が新しいうちは、誰もビー以外を王とは認めないはずだ。君主制を取れば必然、ビーが王になり、この島の次世代社会で難しい舵取《かじと》りをさせられることになる。

ビーが学校で他の子供たちと楽しそうにしているのを見ると、そうした重荷を背負わせるのが酷に思えるのだった。

それでも、いずれは決断しなければならない。次の世代のために、陽色も今からできる限りのことはするつもりだ。他のみんなもそうだろう。

「スピロさんたちのことは信頼してる。でも俺は、この村より何より、エルとビーが大事だし、俺たち家族三人の幸せが最優先だから。ここは譲れない」

もしビーやエルが村のために犠牲になるようなことがあれば、声を上げるつもりだ。陽色の意思表明に、エルは目を細めて微笑む。

「俺も同じ思いだ。村も大切だが、優先事項は変わらない。お前は俺の伴侶で、ビーは弟だが、我が子のようにも思っている」

「うん」

「もう一人、作ろうか」

せっかく感動的な場面だったのに、エルがニヤッと笑ってまぜっかえした。陽色は「もう」と怒ったふりでエルの耳を軽く引っ張る。

「男同士はできません。さっき説明したろ」

「頑張ればできるかもしれない」

どこまで本気かわからない、真面目腐った顔でエルは言い、陽色を抱え上げた。席を立ち、ベッドへ移動する。

とうとう我慢しきれなくなったらしい。陽色も焦《じ》らされてうずうずしていた。

お互い性急に服を脱ぎ、その合間も待ちきれなくてキスをする。エルが先に裸になり、ベッドの上でもたついている陽色のズボンを、下着ごと引き抜いた。

ベッドに乗り上げ覆いかぶさってくるエルの性器は、腹につくほど反り返って先走りを滴《したた》らせている。

大きくて硬いそれを咥《くわ》えたい欲求に駆られ、陽色はそっと裏筋を撫で上げた。陰茎がびくりと揺れる。

陽色が何をしようとしているのか、それだけで察したらしい。「だめだ」と腰を引いた。

「口でされたら、すぐイッてしまう」

「今日は敏感なんだ」

名残惜しくて、亀頭を手のひらでくるりと撫でる。「こら」と腕を掴まれた。

「敏感というか、今日は訓練を早めに切り上げたからな。体力が余ってる」

陽色の両手を掴んで見下ろす男の表情は、飢えた獣のようだ。いたずらしたことをちょっと後悔した。今夜は寝かせてもらえないかもしれない。

「お、お手柔らかに」

陽色も村に来てから身体を動かす機会が増え、以前よりは体力がついた。とはいえ、エルには遠く及ばない。エルは体力もスタミナも常人離れしていて、ベッドではいつも陽色が先にへばってしまう。

できる限り応えたいのだけど……と、脈打つ彼の巨根に視線を落とすと、くすりと笑われた。

「なんだよ」

「いや。大人になったなと思って」

笑いながら言って、キスを落とす。陽色の両手を掴んだまま、ベッドに押し倒した。

「出会った時から成人でしたよ!」

「でも、物慣れてなかった。初めての時は、俺のこれを見て真っ赤になっていたのに。自分から愛撫するようになるとはな」

たった一年前のことだ。この部屋で初めて最後まですることになって、陽色はテンパっていた。勃起したエルのそれを見ただけで、確かにあたふたしていた。

「それを言うなら、エルだってぎこちなかったけどね」

照れ臭いから言い返してやった。エルはクスクス笑う。覆いかぶさりながら何度もキスをし、陽色のペニスと自分のそれとを擦り合わせた。軽く腰を揺すられ、刺激に息が上がる。

「んっ……」

「初めてお前を抱いた時は、壊してしまわないか怖かった。今でも少し怖い。夢中になりすぎて、無茶をしてしまいそうで」

いたずらっぽく言いながら、瞳の奥には真剣な色があって、どきりとした。

「ほんと？　飽きたりしてない？」

ふと気になって、尋ねてみる。エルは馬鹿にしたりせず、優しく陽色を見下ろした。大きな手が頬を撫でる。

「飽きているように見えるか？」

「ううん。でも、エルのことすごく好きだから、不安になる。……あっ」

途端、強く抱きしめられた。腕も足も挟み込まれて、身動きができなくなった。

「可愛いことを言うな。加減できなくなる」

かぶりつくようなキスをされ、乳首を指の腹でこねられた。それだけで陽色の身体はびくびくと快楽に跳ねる。

エルはさらに、片方の手で乳首をいじりながら、もう一方で陽色のペニスを扱いた。その間もキスは止まない。

「愛してる。飽きるものか。出会った時より、一年前より、もっとお前を好きになってる」

「ん、ぅ……お、俺も」

毎日、エルに恋をしている。

「ヒーロ……」

「待って、あ、んーっ」

強く性器を扱かれ、陽色はたまらず喉をのけぞらせた。絶頂が駆け巡り、あっという間に射精してしまう。

先にイかされたのが悔しくて、エルを軽く睨んだ。エルはそれさえ楽しい、というように喉の奥で笑う。

陽色の足を開かせ、出したばかりの精液を陽色の後ろに塗りこめた。

「声を出さないのか？　『完全防音』なのに」

この部屋は、エッチをする時だけ魔法で完全防音にしているのだ。隣のビーに配慮したからだが、最初にその魔法を告げた時、エルはなぜだかすごくウケていた。今もたまにこうやって、からかってくる。

「隣に聞こえなくても、恥ずかしいんでしょ。もう、言わせて楽しんでるな。このエロ親父」

軽く蹴る真似をすると、足首を掴まれて大きく開かされた。

「もちろん、楽しんでるさ。恋人が可愛すぎて、『エロ親父』としては、いたずらせずにはいられない」

後ろのすぼまりに、エルの亀頭が押し付けられる。すぐには入らず、陽色の反応を楽しむようにぬくぬくと擦り付けられた。先走りと陽色が放ったものとで、くちゅくちゅといやらしい水音がした。

「遊ぶなって」

「我慢できないか?」

「だからそういう……ああっ」

大きな塊が、勢いよく陽色を貫いた。思わず声が出たけれど、エルの動きは決して乱暴ではない。陽色を傷つけないように、いつだって優しい。

最初の時は、あまりにもこわごわ入れるものだから、ちょっともどかしかったくらいだ。

「痛くないか?」

「へ、へーき。あ、ん……っ」

圧迫感はあるが、痛くはない。それどころか、浅い部分を突かれるとうずうずと快感がこみ上げてくる。

「後ろで感じるようになったな」

緩く腰を動かし、エルがからかってくる。言い返そうとしたのに、その前に強く突き上げられて言葉を失った。

「あ、そこ、あ、あ……だめ……っ」

「だめ？　いい、だろう？」

昼間は好青年なのに、夜のエルはちょっと意地悪でだいぶエッチだ。からかわれっぱなしは悔しいので、陽色はぐっと後ろを締め付けた。

「……っ、こら……っ」

エルが息を詰めて震えたので、してやったりと嬉しくなる。しかし次の瞬間、陽色の感じる部分をこれでもかと突き上げられ、あっさり形勢が戻ってしまった。

「馬鹿だな。煽《あお》ったら、加減できなくなると言っているのに」

言葉とは裏腹に、ひどく甘く愛しそうな声で囁かれた。大きな手がまた、陽色の性器を愛撫する。前と後ろを同時に刺激され、どうにかなってしまいそうだった。

「あ……っ、エル……あっ……また、イッちゃう」

胸の奥が切なくなり、エルの首に腕を回して訴えた。エルも絶頂に耐えるように、きつく眉根を寄せる。

「そんな顔、されたら……っ」

思い余ったようにキスをして、その先の言葉は聞こえなかった。唇をふさがれ、激しく腰を打ち付けられる。陽色はたまらず射精してしまった。

びくびくと震える陽色の身体を、身動きできないくらい強く抱きしめ、エルも陽色の中に射精する。

エルの陰嚢《いんのう》が震え、繋がった場所からじわりと温かいものが滲む。どくどくと脈打つ鼓動は、どちらのものかわからない。

荒い二人分の呼吸が、静かな寝室に満ちる。けだるく恍惚としたこの時間が、陽色は好きだった。

少し汗ばんだ手のひらが、決まって陽色の頬や額を撫でるのも。

「ヒーロ。愛してる」

「……俺も。愛してる。エル、大好き」

囁いて、陽色は恋人の唇にキスをした。

『こうして我々は、南のこの島を新たなリュコス王国に定めた。

初代の王、ビオン・リュコスは、リュコス人で平民の娘を妃としたが、二人の間にできた王子たち、王女たちはいずれも王家の顔、獣頭を持って生まれた。

新リュコス王国はこの先も長く栄えるだろう。

我らが仇敵、帝国は今や衰退の一途《いっと》を辿っており、もはやリュコスを脅かす存在ではなくっている。

けれど我々はこの島、獣人族、人族、エルフ族が平和に過ごす土地を新リュコス王国として、末永く守っていくつもりである。

建国の立役者として、我が師、我が養父たるスピロ・リカイオスの名が人々の口に上ることが多い。しかし、国の礎《いしずえ》には王の兄、イホエル・ルーと、その伴侶であるヒーロ・アカバネがいることを、ここに記しておきたい。

彼らなくして、我々がこの島に辿り着くことはできなかっただろう。建国と同時に早々に隠居をした二人は、歴史に名を残すことを好んではいないが。

――テーロス・リカイオス「回顧録」より』

『○月×日　晴れ
昨日はエロエロのエルに邪魔されたので、今日から日記を書きます。

もうすぐ春のお祭りなので、村の人たちはみんなはしゃいでる。俺も楽しみです。祭りでは、いろんな種類のパンを焼くつもり。

この村は不便なことも多い。森で一人でいた頃の方がずっと便利だったけど、でも後悔はしていません。一人じゃなくて、家族がいるから。多少は不便でも毎日が楽しい。

つらいことも多かったけど、今は異世界に来てよかったって言える。エルとビーに出会えたおかげです。

この先も三人、元気で幸せに過ごせますように。

「ヒーロの日記」』

あとがき

こんにちは、初めまして、小中大豆《こなかだいず》と申します。

このたびは拙著をお手に取っていただき、ありがとうございました。今作が、カクテルキス文庫さんでは初めての作品となります。

異世界転移とモフモフ、ちびっ子と、自分の好きな要素を盛ったので、書いていて楽しかったです。

そんな今作、誰にも答えの出ない、難しいテーマを含んじゃったなと、書き始めてから気づきました。遅い……。

あまり考え込まずに、カラッと楽しいことと萌えだけ書こう！　と、自分に言い聞かせていたのですが、やっぱり一部は深刻になってしまいましたね。さらっと上手く流せるよう、精進したいです。

しかも、今作の初稿を始めたのは、実は二〇二二年二月二十四日より前でした。エルとビーが陽色に拾われている間に、現実世界の世界情勢は大きく変わってしまいまして、もしやこの本も、時事ニュースに配慮して出せないんじゃないかしらと、思ったのを覚えています。

その後も私のスケジュールのせいで延びに延びてしまい、今こうして無事にあとがきまで書かせていただけて、ホッとしております。

担当様、そしてイラストを担当してくださいました、Ｃｉｅｌ《シエル》先生、本当にご迷惑をおかけしました。

キャラクターのラフ画を見せていただいたのですが、ビーが可愛くてキュンとしてしまいました。エルも陽色もカッコよく、凛と描いていただき、感謝しております。Ｃｉｅｌ先生、ありがとうございました。

そして最後になりましたが、ここまでお付き合いくださいました読者の皆様に、感謝を申し上げます。

ちょっぴり湿っぽい部分もあったりする異世界転移物語ですが、少しでも皆様のお心に触れることができれば幸いです。

それではまた、どこかでお会いできますように。

小中大豆

カクテルキス文庫

Cocktail Kiss Label

好評発売中！！

◆葵居ゆゆ

青の王と花ひらくオメガ　笹原亜美 画　本体755円＋税

キャラメル味の恋と幸せ　古澤エノ 画　本体760円＋税

共鳴するまま、見つめて愛されて　北沢きょう 画　本体760円＋税

◆伊郷ルウ

天狐は花嫁を愛でる　明神 翼 画　本体639円＋税

赤ちゃん狼が縁結び　小路龍流 画　本体685円＋税

異世界で癒やしの神さまと熱愛　えとう綺羅 画　本体685円＋税

熱砂の王子と白無垢の花嫁　えとう綺羅 画　本体685円＋税

花嫁は豪華客船で熱砂の国へ　水綺鏡夜 画　本体685円＋税

八咫鴉さまと幸せ子育て暮らし　すがはら竜 画　本体755円＋税

虎の王様から求婚されました　古澤エノ 画　本体755円＋税

お稲荷さまはナイショの恋人　すがはら竜 画　本体760円＋税

異世界の後宮に間違って召喚されたけど、なぜか溺愛されてます！　明神 翼 画　本体760円＋税

◆上原ありあ

囚われた砂の天使　有馬かつみ 画　本体639円＋税

◆海野幸

ウサ耳オメガは素直になれない　小椋ムク 画　本体755円＋税

活動写真館で逢いましょう　～回るフィルムの恋模様～　伊東七つ生 画　本体760円＋税

◆えすみ梨奈

天才ヴァイオリニストに見初められちゃいましたっ！　立石 涼 画　本体685円＋税

◆藤城 偲

嘘の欠片　一夜人見 画　本体755円＋税

◆Oneone

御曹司は初心な彼に愛を教える　すがはら竜 画　本体760円＋税

◆清白 妙

転生悪役令息ですが、王太子殿下からの溺愛ルートに入りました　明神 翼 画　本体760円＋税

◆高岡ミズミ

恋のためらい愛の罪　蓮川 愛 画　本体632円＋税

今宵、神様に嫁ぎます。～花嫁は強引に愛されて～　緒田涼歌 画　本体573円＋税

恋のしずくと愛の蜜　蓮川 愛 画　本体639円＋税

竜神様と僕とモモ　～ほんわか子育て溺愛生活♥～　タカツキノボル 画　本体639円＋税

情熱のかけら　えとう綺羅 画　本体685円＋税

月と媚薬　立石 涼 画　本体685円＋税

溺れるまなざし　やすだしのぐ 画　本体685円＋税

オメガの純情　～砂漠の王子と奇跡の子～　小山田あみ 画　本体755円＋税

不器用な唇　First love　金ひかる 画　本体760円＋税

不器用な唇　Sweet days　金ひかる 画　本体760円＋税

◆橘かおる

神獣の寵愛　～白銀と漆黒の狼～　明神 翼 画　本体573円＋税

神獣の溺愛　～狼たちのまどろみ～　明神 翼 画　本体630円＋税

黒竜の花嫁　～異世界で王太子サマに寵愛されてます～　稲荷家房之介 画　本体639円＋税

神の花嫁　タカツキノボル 画　本体648円＋税

レッドカーペットの煌星　明神 翼 画　本体685円＋税

その唇に誓いの言葉を　実相寺紫子 画　本体685円＋税

神主サマはスパダリでした　タカツキノボル 画　本体685円＋税

黒竜の寵愛　～異世界で王太子サマと新婚生活～　稲荷家房之介 画　本体685円＋税

神様のお嫁様　タカツキノボル 画　本体685円＋税

王宮騎士の溺愛　タカツキノボル 画　本体685円＋税

妖精王と麗しの花嫁　香坂あきほ 画　本体685円＋税

いつわりの甘い囁き　すがはら竜 画　本体755円＋税

ツンデレ猫は、オレ様社長に溺愛される　香坂あきほ 画　本体755円＋税

カクテルキス文庫

Cocktail Kiss Label

好評発売中!!

◆中原一也

野良猫とカサブランカ　実相寺紫子 画　本体591円+税

◆火崎 勇

ランドリーランドリー　有馬かつみ 画　本体685円+税

夕闇をふたり　実相寺紫子 画　本体685円+税

ホントウは恋のはじまり　タカツキノボル 画　本体755円+税

彼と彼との家族のカタチ　金ひかる 画　本体760円+税

転生したら聖女じゃなく、騎士侯爵の偽恋人になりました　古澤エノ 画　本体760円+税

王弟殿下は転生者を溺愛する　すがはら竜 画　本体760円+税

愛さないと言われましたが、やり直したら騎士が溺愛してきます　カトーナオ 画　本体760円+税

◆日向唯稀

Dr.ストップ ―白衣の拘束―　水貴はすの 画　本体600円+税

Bitter・Sweet ―白衣の禁令―　水貴はすの 画　本体618円+税

獄中 ―寵辱の褥―　タカツキノボル 画　本体685円+税

◆妃川 螢

オーロラの国の花嫁　えとう綺羅 画　本体573円+税

誑惑の檻 ―黒皇の花嫁―　みずかねりょう 画　本体630円+税

ラブ・メロディ ―執着の旋律―　せら 画　本体648円+税

ラブ・メロディ ―情熱の旋律―　せら 画　本体685円+税

王と剣 ―マリアヴェールの刺客―　みずかねりょう 画　本体685円+税

恋の孵化音 ―Love Recipe―　かんべあきら 画　本体685円+税

金融王の寵愛　海老原由里 画　本体685円+税

禁断ロマンス　朝南かつみ 画　本体685円+税

王様のデセール ―Dessert du Roi―　笹原亜美 画　本体760円+税

◆藤森ちひろ

愛執の褥 ～籠の中の花嫁～　小路龍流 画　本体618円+税

◆森本あき

魔王の花嫁候補 ～下級魔法使いの溺愛レッスン～　えとう綺羅 画　本体685円+税

希少種オメガの憂鬱　立石 涼 画　本体685円+税

同棲はじめました。～子育て運命共同体～　タカツキノボル 画　本体755円+税

◆義月粧子

宿命の婚姻 ～花嫁は褥で愛される～　みずかねりょう 画　本体582円+税

かりそめの婚約者　水綺鏡夜 画　本体630円+税

オメガバースの不完全性定理　星名あんじ 画　本体685円+税

オメガバースの双子素数予想　星名あんじ 画　本体685円+税

オメガバースのP対NP予想　星名あんじ 画　本体685円+税

諸侯さまの子育て事情　小禄 画　本体685円+税

オメガバースの寵愛レシピ　Ciel 画　本体755円+税

闇に溺れる運命のつがい　タカツキノボル 画　本体755円+税

箱入りオメガは溺愛される　すがはら竜 画　本体755円+税

引き合う運命の糸 ～α外科医の職場恋愛～　古澤エノ 画　本体760円+税

王族アルファの花嫁候補　小山田あみ 画　本体760円+税

運命のつがいは巡り逢う　小山田あみ 画　本体760円+税

【電子書籍配信】

◆妃川 螢

不敵な恋の罪　タカツキノボル 画　本体857円+税

ワガママは恋の罪　タカツキノボル 画　本体857円+税

Cocktail Kiss Label

カクテルキス文庫をお買い上げいただきありがとうございます。
先生方へのファンレター、ご感想は
カクテルキス文庫編集部へお送りください。

〒102-0073　東京都千代田区九段北3-2-5 5F
株式会社Jパブリッシング　カクテルキス文庫編集部
「小中大豆先生」係　／　「Ciel先生」係

◆カクテルキス文庫HP◆ https://www.j-publishing.co.jp/cocktailkiss/

異世界チートで転移して、訳あり獣人と森暮らし

2023年8月30日　初版発行

著　者　小中大豆
©Daizu Konaka

発行人　藤居幸嗣

発行所　株式会社Jパブリッシング
〒102-0073　東京都千代田区九段北3-2-5 5F
TEL　03-3288-7907
FAX　03-3288-7880

印刷所　中央精版印刷株式会社

ISBN978-4-86669-597-6　Printed in JAPAN